LETTRES

A

M. LE DUC DE BLACAS D'AULPS,

PREMIER GENTILHOMME DE LA CHAMBRE,

PAIR DE FRANCE, ETC.,

Relatives

AU MUSÉE ROYAL ÉGYPTIEN DE TURIN;

Par M. CHAMPOLLION le Jeune.

SECONDE LETTRE. — SUITE DES MONUMENTS HISTORIQUES.

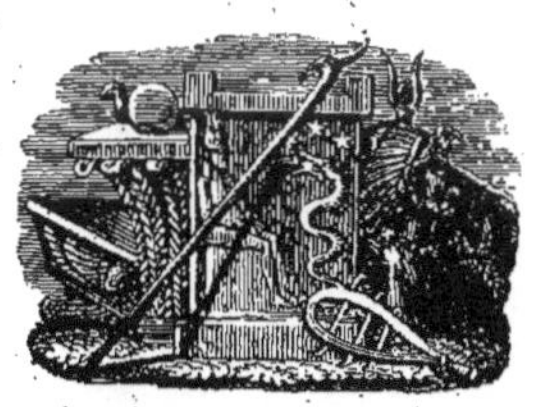

Paris,

CHEZ FIRMIN DIDOT PÈRE ET FILS,

RUE JACOB, N° 24;

ET CHEZ TREUTTEL ET WURTZ, RUE DE BOURBON, N° 17.

M DCCC XXVI.

(2)

LETTRES

A M. LE DUC DE BLACAS D'AULPS,

RELATIVES

AU MUSÉE ROYAL ÉGYPTIEN DE TURIN.

SECONDE LETTRE. — SUITE DES MONUMENTS HISTORIQUES.

MONSIEUR LE DUC,

En donnant, dans ma première Lettre, une courte description de plusieurs statues, groupes et bas-reliefs du Musée Égyptien de S. M. le roi de Sardaigne, je m'étais surtout proposé de démontrer que les inscriptions hiéroglyphiques dont ces monuments sont décorés, se rapportent aux Pharaons mêmes dont les noms se lisent, en qualité de fondateurs, sur les plus anciennes comme sur les plus étonnantes des constructions qui, sur les bords du Nil et depuis des siècles, appellent la curiosité et l'admiration des peuples civilisés. En recueillant ces légendes royales que la piété ou la reconnaissance de la nation égyptienne grava jadis sur toutes les parties des palais et des temples, ou qu'elle inscrivit sur les trônes et les socles de celles de ces statues qui ornent aujourd'hui les principaux musées de l'Europe, on avait, pour ainsi dire, rassemblé les éléments épars de la vieille histoire des Égyptiens : la Table généalogique d'Abydos est bientôt venue nous enseigner l'ordre dans lequel il fallait ranger ces noms illustres, et nous montrer que les plus beaux édifices de l'Égypte, ainsi que les statues les plus remarquables de la collection Drovetti, sont des monuments de la XVIIIe dynastie des Pharaons. On a fait enfin un pas important vers la restauration des véritables annales égyptiennes, du moment que, par la concordance des faits qu'attestent ces monuments publics avec ce que l'antiquité grecque a conservé de l'histoire de ce pays, il a été possible de fixer chronologiquement l'époque même de cette grande dynastie.

L'existence passée de cette famille royale qui gouverna l'Égypte dans des temps antérieurs à tous les siècles historiques de notre Europe, ne saurait désormais être l'objet d'un doute. On ne rangera plus parmi les brillantes rêveries que l'imagination des Orientaux ne mit que trop habituellement à la place de l'histoire, les travaux et les règnes glorieux des *Thoutmosis* et des *Ramsès*.

Des monuments de tout genre, et qui ne peuvent être l'ouvrage des temps postérieurs, établissent non-seulement cette existence réelle de chacun des princes de la XVIIIe dynastie, mais nous signalent encore l'état avancé de la civilisation, et de grands progrès dans les arts et dans les sciences sous l'empire des rois Diospolitains descendants d'*Aménoftep*. Je dirai même, et la suite de cette Lettre pourra, Monsieur le Duc, vous en convaincre pleinement: il est aujourd'hui plus facile de démontrer, sur l'autorité d'actes publics et de pièces contemporaines, l'existence des Pharaons *Mœris*, *Aménophis*, ou *Ramsès-Méiamoun*, que celle de la plupart de nos rois francs de la première race; et ce n'est là que le simple effet du noble privilége conquis par toute nation policée, qui laisse des traces à jamais ineffaçables sur le sol même qu'elle habita.

Il importait d'abord de fixer d'une manière certaine (très-approximative du moins), l'époque où régnèrent les princes de la XVIIIe dynastie, puisque c'est à peu près vers ce temps seulement que l'histoire égyptienne se rattache, par quelques liaisons connues, à celle des peuples asiatiques. Jusque là et sous les dynasties antérieures à la XVIe, l'Égypte, environnée de nations encore barbares, semble s'être renfermée en elle-même; et si l'on en excepte les règnes de quelques Pharaons qui, de loin en loin, sortirent des frontières de la terre sacrée pour refouler ou affaiblir, en les combattant, les hordes à demi sauvages de l'Afrique ou de l'Asie, les premiers temps de l'Égypte s'écoulèrent dans une paix profonde. Ce fut pendant cette longue période de repos, qu'interrompirent seuls quelques troubles inséparables des nombreux changements de dynastie, ou de la rivalité des deux premières castes, que les Égyptiens, isolés, pour ainsi dire, du reste du monde, n'attendant rien de leurs voisins à peine encore à leurs premiers essais d'organisation sociale, s'efforcèrent de se suffire à eux-mêmes, et de tirer de leur propre génie les moyens de satisfaire à tous les besoins qu'une civilisation croissante enfantait successivement. L'Égypte travaillait ainsi, comme dans une silencieuse retraite, pour son bonheur et pour celui des peuples à venir qu'elle devait instruire : on découvrit alors les éléments des sciences et les principes des arts qui jetaient déja une si vive lumière sous les premiers princes de la XVIIIe dynastie.

L'époque où ces rois *Diospolitains* occupaient le trône étant bien déterminée, elle devient un point de départ fixe, soit pour coordonner les faits historiques relatifs à l'Égypte, soit pour la classification chronologique des monuments de l'art. On appréciera avec bien plus de justesse, en effet, le mérite d'un morceau d'architecture ou d'une pièce de sculpture égyptienne, lorsque l'on connaîtra le siècle auquel on doit les rapporter; il sera possible alors d'écrire, avec connaissance de cause, l'histoire de l'art en Égypte, sans risquer, comme il est arrivé, d'attribuer à l'influence directe du séjour des Grecs aux bords du Nil, la perfection de certaines statues égyptiennes réellement exécutées dans le temps où la Grèce façonnait tout au plus quelques blocs de bois ou de pierre pour leur donner, à grand'peine, la forme d'un grossier Hermès; ou bien encore, et par une erreur contraire, sans s'exposer à croire reconnaître les origines de l'architecture grecque, dans les détails d'un temple égyptien réellement bâti sous les empereurs romains. On pourra aussi décider si l'art véritablement égyptien est demeuré stationnaire, en comparant les sculptures et les peintures du siècle des premiers *Thoutmosis*, avec celles que les inscriptions nous montrent appartenir au siècle des *Ramsès* ou à celui des deux *Psammiticus*. Enfin, par l'étude des monuments antérieurs à la XVIIIe dynastie, nos idées se fixeraient peut-être sur deux grandes questions : l'antiquité plus ou moins reculée du bon art en Égypte; et l'origine, soit nationale, soit étrangère, des diverses connaissances qui fleurirent dans cette contrée célèbre.

Mais il faudrait, Monsieur le Duc, pour décider ces importants problèmes, qu'il fût possible de retrouver au moins un certain nombre de monuments, et de genres divers, appartenant aux dynasties antérieures à la XVIIIe. Je suis malheureusement convaincu qu'ils ont presque tous été détruits avant même que le premier prince de cette grande famille montât sur le trône d'Égypte.

Et en effet, une longue période de calamités désola ce pays avant que les généreux efforts d'*Aménoftep-Thoutmosis*, et ceux de son père, en eussent totalement expulsé des étrangers venus de l'Orient, et qui avaient fondu sur l'Égypte, semblables à ces nuées de barbares qui, vingt-cinq siècles après, détruisirent l'empire romain, et courbèrent notre Europe sous le double joug de l'ignorance et du régime militaire. La sixième année du dernier des princes de la XVIe dynastie égyptienne, et la 700e année du cycle caniculaire qui finit en l'an 1322 avant notre ère, les *Hyk-Schôs* (ϩⲏⲕϣⲱⲥ), peuples presque sauvages, à cheveux roux et aux yeux bleus, signes certains d'une origine qui diffère de celle de la race égyptienne, s'emparèrent de toute la vallée du Nil jusqu'à la Nubie, et exercèrent sur cette malheureuse région les cruautés et les ravages, fruits ordinaires des invasions faites par des hordes indisciplinées, dans toute contrée soumise à un régime politique régulier. Sans frein et sans pitié, les Hyk-Schôs se livrèrent pendant quelque temps à une aveugle fureur ; mais la crainte de la puissance assyrienne, qui dominait alors l'Asie occidentale, leur fit songer bientôt à établir parmi eux une sorte de gouvernement, qui pût organiser la résistance en cas d'attaque. Ils donnèrent donc le titre de *roi* à l'un de leurs chefs nommé *Salatis*. Mais cet établissement d'une espèce d'ordre parmi les conquérants n'eut d'autre effet, pour le vaincu, que de rendre les maux plus durables, l'oppression plus méthodique, et l'anéantissement de l'Égypte plus assuré. Car Salatis et ses successeurs Bœon, Apakhnas et Asseth firent sans cesse une guerre cruelle à la population de race égyptienne, dans le but formel de l'anéantir entièrement, comme le dit l'historien Manéthon (1); ils désorganisèrent l'administration intérieure du pays en emprisonnant les magistrats; ils détruisirent les villes, et renversèrent de fond en comble les édifices publics et les temples des dieux (2); enfin ils égorgeaient les Égyptiens en état de porter les armes, et emmenaient leurs femmes et leurs enfants en esclavage (3). L'Égypte ne présentait alors qu'un vaste champ de désolation. Le roi des Hyk-Schôs était le maître de tout le pays; il tenait asservies la haute

---

(1) Πολεμοῦντες ἀεὶ καὶ ποθοῦντες μᾶλλον τῆς Αἰγύπτου ἐξᾶραι τὴν ῥίζαν. (Manetho, *apud* Joseph. *contra Apion.* 1.)

(2) Τὸ λοιπὸν τάς τε πόλεις ὠμῶς ἐνέπρησαν καὶ τὰ ἱερὰ τῶν θεῶν κατέσκαψαν. (*Idem*, *ibidem.*)

(3) *Idem*, *ibidem.*

comme la basse Égypte (1); il avait établi plusieurs de ses hordes barbares en garnison dans les lieux les plus importants (2).

Il était difficile, au milieu de ces affreux désordres, que les monuments des arts ne fussent pas entièrement anéantis : et mieux on connaîtra, par les inscriptions qui les couvrent, l'époque des constructions antiques encore debout sur les deux rives du Nil, plus on se convaincra qu'il ne reste presque plus rien d'antérieur à la XVIIIe dynastie Diospolitaine. C'est au long séjour des Hyk-Schôs et à leur domination dévastatrice, qui termina d'une manière si sanglante la première période de la civilisation égyptienne; qu'il faut uniquement attribuer la disparition à peu près complète des édifices publics élevés sous les rois des XVI premières dynasties. Cette invasion nous donne en outre l'explication bien naturelle d'un fait qui dut frapper d'étonnement tous les voyageurs à même de l'observer: je veux parler de ces anciens débris couverts de sculptures peintes et d'un très-bon style, qui sont employés *comme simples matériaux* dans la construction même des plus antiques monuments de Thèbes (3).

On n'avait pas besoin de supposer, comme on

---

(1) Τήν τε ἄνω καὶ κάτω χώραν δασμολογῶν. (*Idem, ibidem.*)

(2) Καὶ φρουρὰν ἐν τοῖς ἐπιτηδειοτάτοις καταλείπων τόποις. (*Idem, ibidem*).

(3) Description de l'Égypte. *Karnac, Temple du Sud.*

a cru devoir le faire, que les édifices d'où provenaient ces débris et qui précédèrent ceux que nous voyons aujourd'hui, étaient tombés de vétusté : on eût dû s'effrayer en parlant ainsi du nombre immense d'années que renferme ce petit nombre de mots. L'effort du temps est presque nul, en effet, sur les constructions égyptiennes; et l'épreuve de trente-cinq siècles, qu'ont si bien supportée quelques-uns des temples de Thèbes et de la Nubie, nous montre assez que, pour renverser de tels travaux, le temps a besoin de l'action des hommes, plus destructrice que lui-même. Ces débris ne sont, à mon avis, que des témoins de la stupide barbarie des Hyk-Schôs; et il était dans l'ordre naturel des choses, que les premiers rois de la XVIIIe dynastie, restaurant l'Égypte après l'expulsion de ces oppresseurs, réédifiant les palais des rois et la demeure des dieux, employassent, dans les nouvelles constructions, ces restes des temples de leurs ancêtres, débris sacrés qu'ils trouvaient épars sur le lieu même où leur piété voulait relever les autels, et rétablir dans toute sa pureté le culte de leurs pères.

Quand même l'histoire ne nous aurait point conservé le souvenir des ravages exercés par les Pasteurs durant leur séjour en Égypte; quand même un prêtre égyptien ne nous apprendrait pas que ces barbares détruisirent les villes et les monuments qui les ornaient, l'observation seule de quelques faits d'un autre ordre, nous avertirait suffisamment que les plus anciens des édifices subsistants encore à Thèbes et au fond de la Nubie, appartiennent, non à l'origine de l'art égyptien, mais, si j'ose m'exprimer ainsi, à une véritable *renaissance* de cet art même.

Les noms des plus grands rois de la XVIIIe dynastie, et les dédicaces faites par ces mêmes princes, se lisent seuls sur les portions des palais de Karnac, de Louqsor, de Kourna, de Médinetabou et de Solèb, qu'on a reconnues sans difficulté pour être évidemment les plus anciennes. Or, dans ces édifices où l'architecture a déployé d'incroyables richesses et réalisé les plus nobles conceptions, rien ne montre les premiers essais d'un art naissant : tout manifeste au contraire que les procédés employés par les constructeurs, étaient les résultats d'une longue expérience antérieure; et il suffit d'étudier un instant ces monuments vénérables pour se convaincre, quelque prévention exclusive qu'on nourrisse d'ailleurs en faveur de l'art des Grecs, qu'il y a là de véritables beautés, et surtout que l'art n'était pas *nouveau* lorsqu'on jeta les fondements de ces palais et de ces temples.

Un examen scrupuleux fait sur les lieux mêmes et dans le but formel de reconnaître, au milieu des édifices subsistants, les débris de plus ancienne date, pourrait seul nous fournir des lumières suffisantes sur l'état de l'art en Égypte avant la XVIIIe dynastie, c'est-à-dire avant le XIXe siècle antérieur à l'ère vulgaire. Cette exploration ne se bornerait point, Monsieur le Duc, à quelques blocs couverts de débris de sculpture et employés fortuitement dans les constructions existantes, puisque notre savant architecte, M. Huyot, membre de l'Institut, a observé au palais de Karnac, dans la cour dite *du Sanctuaire*, les restes d'un assez grand édifice, qu'il a jugés beaucoup plus anciens que toutes les autres parties environnantes du palais, bâties soit en grès, soit en granit. Ce vieil édifice, ou plutôt ses restes, respectés par les fondateurs de cette partie du palais, furent coordonnés avec son nouveau plan, et il paraît que ce fut dans l'intention formelle de conserver ainsi, en le liant à de nouveaux ouvrages, ce monument échappé à la fureur des barbares. A cet égard, l'opinion de M. Huyot n'est pas douteuse, et ce qui la confirme pleinement, c'est l'analyse même de la légende royale sculptée sur cet édifice, légende copiée avec le plus grand soin par notre habile voyageur, et qu'il a retrouvée sur d'autres parties du palais, dont le travail annonçait constamment une construction antérieure à tout le reste.

Le premier encadrement elliptique de cette légende royale, c'est-à-dire le cartouche *prénom* (pl. IV, n° 1 *a*), est formé de huit signes exprimant les idées : SOLEIL-GARDIEN-DES-MONDES-AMI-D'AMMON, ou AIMANT-AMMON (ⲙⲁⲓⲁⲙⲟⲩⲛ). Aucun des rois de la XVIIIe dynastie n'a porté un *prénom* semblable ; et comme, d'après les faits exposés, nous devons ranger ce Pharaon dans une des dynasties antérieures, il devient nécessaire de recourir à la Table d'Abydos pour fixer rigoureusement, s'il est possible, l'époque de son existence.

M. Cailliaud, à qui nous sommes redevables de ce trésor historique, vient enfin de la publier d'après le dessin qu'il en a fait sur les lieux, et sa rare obligeance me permet de la mettre aujourd'hui sous vos yeux (pl. VI). J'ajouterai que cette série chronologique de rois, désignés par leur prénom royal, occupe toute la façade intérieure du parement de droite d'une excavation d'Abydos au nord ; que ce parement et celui qui lui est parallèle sont taillés à même dans le rocher, quoiqu'à ciel ouvert, et que dans l'état actuel des lieux, le mur des cartouches n'existe plus dans toute sa longueur : le dessin de ce qui reste indique clairement les destructions dans sa partie supérieure, comme vers l'extrémité qui touchait à l'entrée du temple ; l'encadrement de lignes perpendiculaires d'hiéroglyphes, qui devait être en symétrie avec celui qu'on voit au côté opposé, a également disparu. Enfin le parement parallèle, quoique dégradé, est plus étendu que celui qui porte la Table généalogique.

On ne devra donc pas s'étonner si ce précieux monument ne nous donne aucune indication positive sur la place historique du prince dont je viens d'analyser le prénom royal, et il faut admettre que ce prénom est un de ceux de la seconde ligne, qui ont été détruits avec le mur, les douze *prénoms* plus anciens qui existent encore en tout ou en grande partie dans la ligne supérieure de ce document chronologique, n'ayant aucune sorte d'analogie par leurs signes avec le prénom dont il s'agit ici.

Mais tout concourt à établir que le roi qui le porta et qui fut décoré, de son vivant, du titre : *Soleil Gardien des Mondes Ami d'Ammon*, appartint à une dynastie *antérieure* à la XVIIIe; et toutes les apparences prouvent aussi qu'il sortait d'une race entièrement étrangère à la grande famille *Diospolitaine* qui donna les XVIIe, XVIIIe et XIXe dynasties, et gouverna l'Égypte pendant une très-longue suite d'années.

Le cartouche qui accompagne toujours ce *prénom* (1), semble devoir nous donner des notions plus précises sur cet ancien Pharaon. Ce second cartouche contient le *nom propre* du roi, combiné avec le titre *Établi par Phtha* ou *Serviteur de Phtha* (Ⲡⲧϩ-ⲙⲛ) ; et ce nom propre se forme du caractère figuratif représentant le dieu *Mandou*

(1) Planche IV, n. 1. b.

(Ⲙⲛⲧⲟⲩ) (1), suivi des signes phonétiques de la diphtongue EI (ⲉⲓ) (2), ce qui donne Ⲙⲛⲧⲟⲩⲉⲓ, *Man-dou-ei*, nom composé d'après la même méthode que les noms propres hiéroglyphiques Ⲟⲩⲥⲓⲣⲉⲓ *Ousir-ei*, Ⲑⲱⲟⲩⲧⲉⲓ *Thôout-ei*, Ⲁⲙⲛⲉⲓ *Ammon-ei*, etc., que j'ai retrouvés dans d'autres textes en écriture sacrée.

Vous remarquerez sans doute, Monsieur le Duc, que ce même nom de *Mandoueï* a été porté par le treizième roi de la XVIIIe dynastie; mais je me hâte de dire que cette circonstance ne saurait nullement prouver l'identité des deux princes. Il est, dans l'étude des monuments égyptiens sous le rapport historique, un principe dont il ne faut jamais se départir et dont tout concourt à démontrer la certitude : c'est que les *prénoms* seuls furent établis comme signes nominaux individuels, et doivent nous servir de guides pour bien distinguer entre eux les souverains de l'Égypte qui ont porté *des noms-propres semblables*. Ainsi, pour en donner un exemple, les cinq rois appelés également *Ramsès*

(1) Voyez sur cette divinité, la Xe livraison de mon *Panthéon Egyptien*.

(2) Le nom propre du roi, comme cela arrive fréquemment dans les légendes royales *hiéroglyphiques*, est quelquefois inséré entre les deux portions du titre *Etabli par Phtha*. Ⲡⲧϩ-Ⲙⲛⲧⲟⲩⲉⲓ-ⲙⲛ) pour (Ⲡⲧϩⲙⲛ Ⲙⲛⲧⲟⲩⲉⲓ) que portent d'autres monuments.

(Phucc) dans la XVIIIe dynastie, eurent chacun des *prénoms* très-clairement différenciés.

Le prénom du 1er fut . *Le-Soleil-Stabiliteur.*
Celui du 2e............ *Le Soleil-Gardien-de-la-Région-Inférieure ;*
Celui du 3e .... *Le Soleil-Seigneur-de-la-Région-Inférieure-Chéri-d'Ammon.*
Celui du 4e............ *Le Soleil-Gardien-de-la-Région-Inférieure-Ami-d'Ammon.*
Enfin celui du 5e...... *Le Soleil-Stabiliteur-de-la-Région-Inférieure approuvé par Phrè.*

Il en fut de même des quatre Pharaons nommés *Thoutmosis*, et des deux *Aménophis*. Le roi *Mandouei*, qui fit construire les plus anciennes parties du palais de Karnac, ne saurait donc être confondu avec le roi *Mandouei* de la XVIIIe dynastie, puisque le prénom du premier est : *le Soleil Gardien des Mondes Ami d'Ammon;* et que celui de l'autre fut : *le Soleil Stabiliteur de la Région Inférieure.*

Le seul des noms propres des listes royales de Manéthon qui ait quelques rapports avec notre *Mandouei* Ier est celui du Pharaon ΣΜΕΝΔΗΣ ou ΣΜΕΝΔΙΣ appelé simplement ΜΕΝΔΗΣ par Diodore de Sicile. Mais ce roi vécut très-postérieurement même au *Mandouei* de la XVIIIe dynastie *Diospolitaine ;* il fut le chef de la XXIe, celle des *Tanites*, et nous verrons bientôt que ce ΜΕΝΔΗΣ porte, sur les monuments, un nom distinct de *Mandouei*, quoique également composé du nom propre du dieu *Mandou*. Il reste donc à savoir si notre *Mandouei* Ier n'est point le fameux conquérant égyptien appelé ΟΣΥΜΑΝΔΥΑΣ par Diodore de Sicile. Quelque altération que ce nom égyptien ait pu subir en passant sous la plume d'un Grec, il est difficile de ne point reconnaître que le nom du dieu *Mandou* entre, en effet, dans la formation du nom royal ΟΣΥ-ΜΑΝΔΥ-ΑΣ, et qu'il en est même l'élément principal.

Les termes formels du texte de Diodore en ce qui concerne la description du fameux tombeau d'*Osymandyas* à Thèbes, monument sur lequel étaient sculptées les campagnes de ce Pharaon contre les Bactriens et qui renfermait une nombreuse bibliothèque, prouvent assez que l'historien ne parle point de cet édifice comme subsistant encore de son temps, et comme l'ayant vu de ses yeux; mais que tout ce qu'il en a dit était tiré des renseignements que lui donnaient les prêtres, *sur les lieux mêmes* (1), d'après les annales égyptiennes

---

(1) Καθ' οὓς χρόνους παρεβάλομεν ἡμεῖς εἰς ἐκείνους τοὺς τόπους. (*Lib. I, pag.* 30, *in fine.*) Et en ce qui concerne ce tombeau d'Osymandyas comme d'autres antiquités égyptiennes, Diodore écrit et d'après les *prêtres*, et d'après les *historiens grecs* (notamment Hécatée) qui s'étaient rendus à Thèbes sous Ptolémée Soter, dont les relations, dit-il, s'accordent avec la sienne. Nulle part Diodore ne donne à entendre qu'il ait vu ce tombeau : s'il avait existé de son temps, il l'aurait certaine-

qui contenaient la description de ce superbe tombeau *existant jadis à Thèbes.* Une construction aussi colossale n'a pu disparaître par le long travail du temps. La violence seule en opéra la destruction entière ; et c'est encore aux ravages des Hyk-Schôs que nous devons l'attribuer, puisqu'en recueillant diverses assertions de Diodore lui-même, l'époque où il place l'existence d'*Osymandyas* est réellement *antérieure* à l'invasions de ces barbares, et s'accorde très-bien avec celle que le rapprochement positif des monuments de Thèbes assigne à notre Pharaon *Mandouei* Ier.

En effet, les deux premiers rois nommés par Diodore de Sicile, immédiatement après Osymandyas, sont *Ouchoréus* et *Mœris.* Le premier, dit-il, fut *le* VIIIe *descendant d'Osymandyas*, τῶν δὲ τούτου τοῦ βασιλέως ἀπογόνων ὄγδοος (1) ; il prit le surnom

---

ment visité ; il n'aurait pas écrit d'après les autres, mais d'après lui-même. Il nous fait soigneusement remarquer ailleurs, 1° que selon les *anagraphes* interprétés par les *prêtres*, le nombre des tombeaux royaux était de 47 ; 2° que du temps de Ptolémée Soter il n'en existait plus que 17 ; 3° que la plupart de ceux-ci avaient été détruits (ou violés) à l'époque où il se rendit lui-même en Égypte. Si le tombeau d'Osymandyas avait existé alors, Diodore, qui donne des indications si précises sur le nombre et l'état des monumens de ce genre, n'aurait pas manqué de nous en avertir, et il ne se serait pas contenté de le décrire sur les dires seuls des prêtres et des écrivains grecs qui avaient visité l'Égypte avant lui.

(1) Diodore de Sicile : livre Ier ch. 50. pag. 59.

d'*Ouchoréus*, comme son père, et bâtit la ville de Memphis. *Mœris*, d'après le même auteur, monta sur le trône d'Égypte *douze générations après Ouchoréus* (δώδεκα γενεαῖς ὕςερον). Sans adopter ici l'opinion de Diodore sur la fondation de Memphis qui, d'après des témoignages d'une toute autre importance que le dire de cet historien, dut son origine aux premiers rois de l'Égypte, nous déduirons de ces détails chronologiques un fait unique, le seul qui intéresse la discussion présente, l'existence du Pharaon *Osymandyas*, fixée *à la XXe génération avant Mœris*, cinquième roi de la XVIIIe dynastie, lequel régna vers l'an 1736 avant l'ère chrétienne.

Quelque restreint que soit le nombre d'années qu'on puisse assigner à vingt générations, il restera certain qu'*Osymandyas* vécut avant l'invasion des Hyk-Schôs, et que les monuments qu'il fit élever pouvaient compter déja plus d'un siècle de durée à l'époque où les barbares passèrent l'isthme, et se répandirent sur les bords du Nil.

Ainsi donc, Monsieur le Duc, les plus antiques restes d'édifices observés dans le palais des rois à Thèbes, pourraient être considérés comme des ouvrages du grand *Osymandyas*, le temps reculé dans lequel l'histoire marque le règne de ce prince, s'accordant avec l'époque expressément indiquée sur ces restes d'édifices par la légende royale qu'ils présentent, et cette légende contenant en effet aussi un nom-propre, *Mandouei*, très-analogue à celui d'*Osymandyas*. J'ajoute enfin que, si le canon royal de Mânéthon n'offre point de nom très-rapproché soit de *Mandouei*, soit d'*Osymandyas*, c'est qu'aucun des extraits de cet historien égyptien ne nous a transmis les noms-propres des Pharaons de la XVIe et de la XVe dynasties, parmi lesquels nous pouvions espérer de trouver ce nom, d'après les données généalogiques fournies par Diodore de Sicile. Du reste, je devais nécessairement insister sur ces détails, et tâcher de recueillir dans l'histoire égyptienne telle que les Grecs nous l'ont laissée, quelques souvenirs du *Mandouei* Ier que les monuments originaux nous font connaître, puisque l'un des plus magnifiques ornements du Musée de Turin est un colosse de ce même Pharaon.

Cette statue de plus de 5 mètres de hauteur totale, y compris une base de 60 centimètres environ, est formée d'un seul bloc de très-beau grès rougeâtre. Son poids est évalué à 18750 livres.

Le Pharaon est représenté debout, la jambe droite en avant comme dans l'action de marcher : le corps est nu jusqu'aux hanches, sur lesquelles une large ceinture fixe une courte tunique rayée, couvrant les cuisses jusque vers le genou ; l'agraffe de cette ceinture, imitant la forme d'un cartouche, contient l'inscription hiéroglyphique (pl. IV, n° 1 *b*),

Mandouei Serviteur de Phtha Ami d'Ammon (ⲘⲚⲦⲞⲨⲈⲒ ⲘⲘⲚⲦϨ Ⲙ·ⲀⲘⲚ). Au-dessous du cartouche, est un muffle de panthère, auquel est suspendu cet ornement particulier aux rois, déja décrit dans ma première Lettre (1). Celui-ci, terminé par une rangée de *sept* uræus, leurs têtes surmontées de disques, offre une colonne perpendiculaire d'hiéroglyphes contenant, en ces termes, la légende complète du souverain : « *le Roi du peuple obéissant, le Seigneur de l'univers* (SOLEIL GARDIEN DES MONDES AMI D'AMMON), *le Fils du Soleil* Seigneur des Seigneurs (MANDOUEI *Serviteur de Phtha*).

La chevelure très-épaisse, nattée à la Nubienne, est ceinte d'un large diadème dont les extrémités, retombant vers l'oreille, prennent la forme d'uræus; ce serpent, emblême du pouvoir royal, se dresse également sur le front du monarque; au-dessus de la tête du roi, moins comme véritable coëffure que comme insignes caractéristiques de son rang et de sa puissance, on a sculpté la partie inférieure du Pschent, combinée avec la Cidaris ordinaire du dieu Phtha (2), coiffure qui se compose de la *couronne des régions d'en haut* (ou partie supérieure du Pschent), flanquée de deux feuilles de palmier et combinée avec un disque et deux cornes de bouc décorées d'uræus. Ce bizarre as-

(1) Pages 41 et 68.

(2) Panthéon égyptien, planche n° 10.

semblage, et qui ne dépare point, autant qu'on pourrait le supposer, l'ensemble de la statue, paraît avoir eu pour but d'exprimer que le roi *Mandouei* fut, dans la région d'en bas habitée par les hommes, ce que le dieu Phtha (auquel ce prince eut sans doute une dévotion toute particulière, comme le prouvent les titres sans cesse joints à son nom propre), était parmi les Dieux éternels habitants des régions supérieures. Une foule de monuments prouvent déja que les Égyptiens assimilèrent toujours ainsi leurs souverains au premier-né d'Amon-Ra, à *Phtha* le plus ancien des dynastes et l'instituteur des gouvernements (1).

Un bracelet placé au-dessus du poignet orne le bras droit du colosse, qui pend le long de son corps. La main tient cet objet cylindrique qui, selon toute apparence, représente un rouleau de papyrus, et sur sa tranche est gravé le prénom du roi. Le bras gauche soutient une grande enseigne sacrée, terminée jadis par l'image d'un Dieu assis sur un trône, et dont il ne reste plus que de légers vestiges; mais le baton de l'enseigne, qui n'a pas moins de deux mètres 35 centimètres, est parfaitement intact et porte une belle inscription dont voici le contenu : *Puissant Aroeris, chéri du dieu Phré dominateur des régions supérieures et inférieures du ciel, on t'a accordé la suprématie sur les contrées terrestres*

(1) Panthéon égyptien, planche 11 et son explication.

à toi roi du peuple obéissant, Seigneur du monde (SOLEIL GARDIEN DES MONDES AMI D'AMMON), *fils du Soleil, Seigneur des Seigneurs* (MANDOUEI *serviteur de Phtha*), *aimé de Mandou le Grand et du dieu Phré Vivificateur pour toujours.* Sans m'arrêter sur les détails mythologiques contenus dans cette formule fastueuse, j'appellerai de préférence votre attention, Monsieur le Duc, sur une singularité que cette inscription présente, et qui mérite d'être remarquée, puisqu'elle se lie à des faits observés sur presque tous les autres monuments du même prince.

Dans la légende qui décore cette enseigne, le nom du dieu *Mandou* (dans le titre Ⲙⲁⲓⲧⲟⲩⲉⲓ *chéri de Mandou*), était exprimé par le *Lion à tête d'épervier, surmontée de deux petites plumes en forme de huppe*, animal fantastique, emblême ordinaire de cette grande divinité; mais ce symbole a été évidemment martelé à dessein, non de manière à ce qu'on ne puisse encore en saisir les principaux linéaments. Il faut remarquer en même temps que, dans le cartouche nom propre qui est répété *sept* fois sur diverses parties du colosse, un signe se montre partout également mutilé, et c'est encore celui qui, dans le nom propre du roi *Mandouei*, équivaut aux syllabes *Mandou*, je veux dire l'image même du dieu, *une figure humaine assise et à tête d'épervier ornée de deux plumes.*

Si le colosse de Turin offrait seul une telle particularité, on pourrait attribuer cette mutilation calculée, à une vengeance privée contre la mémoire d'un prince dont on eût cherché ainsi à effacer le nom sur toutes les parties de ce beau monolithe. Mais la suppression presque entière de ce même caractère, partout où la légende de ce roi a pu être retrouvée en Égypte, semble démontrer que c'est en vertu d'une décision prise par une autorité publique et compétente, que ce signe hiéroglyphique a été martelé sur les grands monuments. M. Huyot l'a vu en effet détruit avec soin dans les différentes portions du palais de Karnac, où se trouvent des constructions de *Mandoueï* Ier. Il faut en excepter seulement deux petits obélisques en grès, où il n'a, par hasard, souffert aucune altération. Les membres de la Commission d'Égypte, qui ont recueilli et fait graver plusieurs cartouches de la légende royale de ce Pharaon, copiés à Thèbes mais sans indications plus précises, paraissent avoir fait aussi leurs dessins d'après des sculptures sur lesquelles le signe *Mandou* avait été pareillement martelé : les cartouches noms propres gravés dans ce bel ouvrage, présentent toujours en effet ce même signe avec des différences très-notables dans les détails (1), preuve

(1) Description de l'Égypte, Ant. vol. III, pl. 69, n°s 31 et 32, 55, 56 et 62.

certaine que les dessinateurs ont vu, comme on le voit aussi très-bien sur le colosse de Turin, que, vers ce point des légendes, avait existé la figure *d'un personnage assis;* mais ils n'ont pu distinguer, à cause des mutilations, que la tête de ce personnage était réellement celle d'un *épervier huppé.* On montre enfin dans le Musée Britannique une statue colossale du même roi : et d'après le dessin de ses inscriptions hiéroglyphiques, communiqué par l'infortuné Belzoni, le signe figuratif du dieu *Mandou* est encore effacé ici comme ailleurs. Il n'est point inutile d'ajouter que, sur les colosses de Turin et de Londres comme sur les édifices de Thèbes, tous les autres signes des cartouches *nom* et *prénom* formant la légende du Pharaon, et même les *deux feuilles* exprimant la diphthongue ει, dernière partie du nom propre, ont été religieusement respectés et n'ont supporté aucune espèce de dégradation préméditée.

Ici, Monsieur le Duc, se présente naturellement une question assez curieuse. Devons-nous regarder la destruction du signe dominant dans le nom propre du roi *Mandouei* Ier inscrit sur les grands édifices, comme un exemple de ces terribles jugements portés par la nation égyptienne contre la mémoire des rois qui n'avaient usé du pouvoir suprême que pour opprimer leur patrie? L'histoire a conservé le souvenir de l'abolition totale des honneurs (Τιμὰς) appartenant au fondateur même de la monarchie égyptienne : elle parle de formules de malédiction inscrites contre Ménès dans l'enceinte sacrée des temples. On avait en horreur les noms seuls des rois Chéops et Chephrénès. Nous pourrions donc supposer avec quelque probabilité, que *Mandouei* Ier était un de ces Pharaons dont la mémoire fut proscrite par ses sujets, irrités des maux qu'il leur avait causés pendant sa vie. On trouverait en quelque sorte, et par l'identité de *Mandouei* Ier et d'*Osymandyas*, la raison de cette haine des Égyptiens, soit dans les expéditions lointaines de ce prince guerrier, soit dans l'énorme dépense que dut entraîner la construction de son immense et magnifique tombeau.

Mais un nouveau fait vient compliquer encore la question ou plutôt la réduire à des termes bien étranges. N'a-t-on pas en effet le droit de se demander si ce n'est point plutôt contre le *dieu Mandou lui-même* que fut dirigée l'animadversion publique, s'il est vrai, comme tout le prouve, que le caractère figuratif *Mandou* soit également effacé sur le bel obélisque de la Porte du peuple à Rome, dans la légende royale du Pharaon *Mandouei* IIe, treizième roi de la XVIIIe dynastie, lequel n'eut de commun que le nom seul avec *Mandouei* Ier.

L'unique gravure connue de ce superbe monolithe, celle de Kircher (1), laisse entièrement vide la place que le caractère figuratif *Mandou* occupait dans les trois grands cartouches noms propres du Pharaon Mandouei IIe, sculptés dans les colonnes médiales des faces nord, ouest et sud de l'obélisque. Ce signe paraît toutefois avoir été épargné dans les très-petits cartouches des bas-reliefs qui ornent le bas de ces mêmes faces, et qui représentent le prince faisant diverses offrandes au dieu Phré. Il y a plus : les inscriptions de l'obélisque *Sallustien*, qui sont une très-mauvaise copie, de travail romain, des belles légendes sacrées de l'obélisque Flaminien ou de la Porte du Peuple, portent le signe *Mandou*, grossièrement défiguré et sculpté dans une excavation plus fortement marquée que celle qui contient les autres caractères (2). Le sculpteur romain imitait ainsi l'effet produit, par le martelage, sur ce même signe dans le monument qu'il essayait d'imiter.

Sans être obligé, Monsieur le Duc, de recourir au témoignage de voyageurs modernes parlant de différentes tribus à demi sauvages qui rendent habituellement leurs dieux responsables du mauvais succès de leurs entreprises, et se vengent

(1) *OEdipus Ægyptiacus*, tome III, pag. 212.

(2) Voir la gravure de cet obélisque dans le grand ouvrage de G. Zoëga, *De origine et usu Obeliscorum*.

des calamités publiques ou privées sur de pauvres et innocents fétiches, on pourrait trouver parmi les peuples anciens les plus célèbres, et même parmi les nations actuelles, des exemples de l'abolition du culte de certains Dieux, ou bien de villes qui crurent avoir de fort bons prétextes pour renoncer au patronage d'une divinité et pour passer de préférence sous celui d'une autre. Mais j'avoue, puisqu'il est ici question des Egyptiens, c'est-à-dire d'une nation si profondément religieuse, que la suppression du nom d'une divinité sur les monuments publics eût été pour eux un acte bien extraordinaire et entièrement opposé à leurs idées et à leurs coutumes. Cependant le fait de l'altération préméditée d'un *nom divin*, exécutée à une très-ancienne époque, n'en subsiste pas moins; j'ai du le faire remarquer : et comme, pour le motiver dans notre esprit, il ne s'agirait de rien moins que de supposer la culpabilité d'un Pharaon tel que *Mandouei* Ier., ou celle même d'un Dieu tel que *Mandou* le fils d'Ammon et le bien aimé de Néith, je crois plus prudent de m'abstenir, et de dire avec le poète,

Non nostrum — tantas componere lites,

jusqu'à ce que du moins de nouveaux documents viennent nous expliquer un peu mieux cette singulière mutilation, qu'il était indispensable de signaler en décrivant le colosse du Musée Royal de Turin.

Les inscriptions qui couvrent la base de cette statue, et le massif qui lui sert d'appui, contiennent encore le prénom et le nom propre de *Mandouei* Ier, soit avec les titres déja indiqués, soit avec ceux de *Chéri d'Amon-ra Roi des Dieux* ou bien *d'Amon-ra Seigneur des zônes de l'Univers.* Les deux mêmes cartouches, de très-forte proportion, occupent le devant de la base; et le soin avec lequel on a effacé le nom divin précité, sur tous les points du colosse où il pouvait se montrer, nous autorise presque à croire que la figure assise sur le trône placé au sommet de l'enseigne portée par le Pharaon, était encore celle de son protecteur spécial, ce même Dieu *Mandou*, puisque cette statuette semble avoir été détruite aussi avec intention. Le titre: *Chéri de Mandou le Grand*, affecté en première ligne au roi dans la légende gravée sur l'enseigne, peut donner une nouvelle consistance à cette déduction.

Le colosse de Mandouei Ier se recommande encore par la franchise de son exécution : les proportions générales en sont bonnes; et l'ensemble de cette statue surchargée d'attributs, ne manque même point d'une certaine élégance et devait produire un bel effet lorsque ce colosse occupait, devant un des temples de Thèbes, la place que l'architecte lui avait marquée : car il n'en est point de la statue de Mandouei comme de celle de *Ramsès le grand* dont j'ai eu l'honneur, Monsieur le Duc, de vous entretenir dans ma première Lettre; celle-ci était un monument isolé, placé au centre et tout-à-fait indépendant des constructions environnantes; le colosse de Mandouei fut au contraire un véritable membre d'architecture, essentiellement lié au plan général d'un édifice, et partie nécessaire de sa décoration : c'est ce que prouvent la manière raide et large de son exécution et le peu de soin qu'on a mis à terminer les parties inférieures. La tête vue de profil est d'un très-beau caractère; mais les yeux observés de face sont petits et ne paraissent point achevés; il est facile toutefois de motiver la négligence de l'artiste à marquer aussi fortement qu'à l'ordinaire l'angle externe des yeux et la saillie des sourcils : ce colosse était couvert de couleurs variées, comme tous ceux qui décoraient les édifices égyptiens, et le pinceau du peintre devait, sans doute, suppléer aux menus détails que le ciseau du sculpteur avait cru inutile de marquer. La grosseur un peu trop prononcée des jambes trouve son excuse dans la nécessité de donner un solide appui aux masses superieures; et quant aux hiéroglyphes entièrement gravés en creux, leurs linéaments sont de la plus grande pureté, et le caractère distinctif des différentes espèces d'animaux, est rendu ici avec cette habileté qu'on ne peut s'empêcher d'admirer dans tous les ouvrages égyptiens du premier style.

Enfin, j'apprends qu'on a récemment transporté à Rome un colosse Égyptien de même matière, de même proportion que celui de Turin, et dont la pose et les attributs sont entièrement semblables. Les inscriptions de cette statue se rapportent au même Pharaon; la figure du dieu *Mandou* est martelée de même en partie; et je trouve dans cela seul la confirmation complète de l'idée que j'avais conçue d'abord sur la destination primitive du colosse de Turin : je pense qu'il était placé, avec son pendant, soit devant la porte d'un temple ou d'un palais, soit sur un *Dromos* et en tête d'une de ces avenues de Sphinx ou de Beliers, décorations magnifiques par lesquelles les Égyptiens avaient coutume d'annoncer la demeure de leurs Dieux et celle de leurs Rois. Deux colosses pareils (1), représentant *Ramsès le grand*, sont encore debout en Nubie, à Ouadi-esséboua, et ouvrent dignement la grande avenue de Sphinx, qui conduit au temple dédié au Dieu Amon-ra par ce célèbre conquérant Égyptien.

Tels sont, Monsieur le Duc, les principaux monuments du Roi Mandouei Ier existants, à ma connaissance, dans les musées de Turin, de Londres

(1) Gau, *Antiquités de la Nubie*, pl. 47.

et de Rome. Je ne parle point de plusieurs scarabées et de quelques amulettes portant le nom et le prénom de ce prince, et qui se trouvent dans les collections Drovetti, Cailliaud et Palin : il ne doit résulter de leur étude aucune donnée nouvelle sur l'époque historique de ce monarque ; nous savons seulement qu'il appartient à la plus ancienne période des annales egyptiennes, mais on ne peut encore déterminer qu'approximativement dans lequel des siècles antérieurs à l'invasion des Hyk-Schôs, ce prince occupa le trône des Pharaons.

Nous sommes plus heureux sous ce rapport à l'égard de quelques autres anciens Rois dont je retrouve aussi les légendes parmi les monuments du Musée de Turin : le temps précis de leur existence est en quelque sorte déterminé déja par la Table d'Abydos. Cet inappréciable tableau généalogique nous les présente comme étant les prédécesseurs et probablement les ancêtres même des Rois de la XVIIIe dynastie (1). Le dernier de ces six princes dans l'ordre des règnes, (le cartouche qui porte une tête de lion), est le père *d'Aménoftep-Thoutmosis* chef de cette famille illustre, le roi *Misphrathoutmosis* ou *Misphragmouthosis*, qui commença l'expulsion des Hyk-Schôs, glorieuse entreprise achevée par son fils *Aménoftep*.

(1) Pl. VI, les six premiers cartouches, à droite, de la ligne intermédiaire, l'ordre des règnes étant de droite à gauche.

Si l'on étudie avec quelque attention les divers extraits de Manéthon cités par Georges le Syncelle, il devient évident que, pendant la durée du règne des derniers rois *Pasteurs* ou des *Hyk-Schôs*, lesquels forment la XVIIe dynastie, il y avait aussi dans quelque partie reculée de l'Égypte, des rois de race égyptienne formant une véritable XVIIe *dynastie légitime*. L'extrait de Jules l'Africain est positif à cet égard, puisque cet auteur, qui compte plusieurs dynasties de pasteurs, comprend dans la XVIIe et des ROIS PASTEURS (Ποιμένες ἄλλοι Βασιλεῖς), et des rois THÉBAINS-DIOSPOLITES (καὶ Θηβαῖοι Διοσπολῖται) (1). De son côté le Syncelle, qui d'ailleurs est fort loin d'être une autorité compétente lorsqu'il s'agit de critique et de bonne érudition, mais qui a pu dans cette occasion parler d'après quelque fidèle extrait de Manéthon, le Syncelle, dis-je, affirme aussi (2) qu'après *Concharis*, roi détrôné par les *Pasteurs*, quatre princes, qu'il qualifie de *Tanites*, titre que la vieille chronique donne aussi aux rois *Diospolitains* de Manéthon, régnèrent en Égypte du temps de la XVIIe dynastie : Οἳ καὶ ἐβασίλευσαν Αἰγύπτου ἐπὶ τῆς ΙΖ δυναστείας.

A défaut même de ces témoignages, l'existence de rois de race égyptienne sur quelque point de

(1) L'Africain, *apud Syncell. Chronograph.* pag. 61. Edit. Reg.
(2) *Ibidem*, *Chronograph.* pag. 103.

l'Égypte, vers la fin de la domination des Hyk-Schôs, pourrait être établie par l'autorité seule du long fragment du texte même de Manéthon, conservé dans un traité de l'historien juif Josèphe (1). Le prêtre de Sébennytus, qui mérite toute confiance puisqu'il écrivait l'histoire de son pays, ayant à sa disposition, par son rang élevé dans la caste sacerdotale, toutes les annales sacrées de l'Égypte, affirme positivement que *des rois de la Thébaïde* (τῆς Θηβαΐδος βασιλεῖς), de concert avec les chefs de quelques autres provinces, qui, dans ces temps de désordre, prenaient aussi le titre de *roi*, *s'insurgèrent contre les pasteurs*, *et leur firent une guerre très-longue et très-active* (2).

Ce fut sous la direction de l'un de ces *rois Thébains*, *Misphrathoutmosis*, que les longs efforts des Égyptiens pour secouer le joug des étrangers eurent enfin un plein succès. Les Hyk-Schôs, battus de toute part, se concentrèrent pour se retirer en masse dans un dernier asile. Le premier de leurs rois, *Salatis*, avait fait construire sur l'extrême frontière de l'Égypte, du côté de l'Arabie et de la Syrie, une enceinte immense et fortifiée : cette ville, ou plutôt ce camp permanent, s'appelait

(1) Josèphe, contre Apion, liv. Ier.

(2) Γενέσθαι φησὶν ἐπὶ τοὺς Ποιμένας ἐπανάστασιν, καὶ πόλεμον αὐτοῖς συῤῥαγῆναι μέγαν καὶ πολυχρόνιον.

Avaris (Αὔαρις), et il était désigné sous le nom de Τυφωνία dans les mythes sacrés de l'Égypte. Établie d'abord comme une défense préparée contre l'ambition des Assyriens qui, de ce côté surtout, pouvaient envahir les possessions des *Hyk-Schôs*, cette grande place d'armes, où les rois barbares avaient coutume de se rendre tous les ans, dans la saison d'été, pour partager le fruit de leurs rapines, et pour distribuer le produit des sueurs de la malheureuse population égyptienne à leurs soldats qu'ils exerçaient alors aux manœuvres militaires afin d'inspirer la terreur aux peuples voisins; cette ville d'*Avaris*, qui exista sur l'emplacement nommé aujourd'hui *Abou-Kécheyd* (1) près des lacs amers, reçut enfin les *Hyk-Schôs* vaincus et chassés du reste de l'Égypte par le roi thébain *Misphrathoutmosis*. Ce grand homme mourut sur ces entrefaites, et son fils *Thoutmosis* (l'*Aménoftep* des monuments) assiégea les barbares, et les força d'évacuer entièrement le sol de sa patrie, qu'ils avaient trop longtemps opprimée (2).

La reconnaissance des Égyptiens le proclama chef de la XVIIIe dynastie royale, quoiqu'il descendît directement par *Misphrathoutmosis*, son

(1) V. mon *Égypte sous les Pharaons*, partie géographique, tome II, pages 87 à 92, in-8°. Paris, 1814, de Bure frères.

(2) Première Lettre, page 94.

père, des princes de la XVIIe dynastie légitime, contemporaine des rois pasteurs et formée, sans aucun doute, des princes dont les *prénoms royaux* sont inscrits sur la Table généalogique d'Abydos (ligne intermédiaire, les six derniers cartouches à droite), immédiatement avant celui de *Misphrathoutmosis-Aménoftep*, chef de la XVIIIe dynastie.

Le premier de ces six *prénoms* (le cartouche à tête de lion), et par conséquent celui du dernier des rois de la XVIIe dynastie légitime (pl. IV, n° 7 *a*), appartient donc au libérateur de l'Égypte, appelé *Misphrathoutmosis* ou *Misphragmouthosis* dans le fragment de Manéthon cité par Josèphe.

J'ai déja dit (1) que le *prénom* de ce prince était peint sur la belle momie de Schébamon déposée dans le Musée de Turin, à la suite du nom propre du Pharaon *Aménoftep* son fils, et qu'il était gravé sur une des stèles funéraires de la même collection. Mais j'ai reconnu depuis que, dans ces deux monuments, comme sur les copies de la Table d'Abydos, ce cartouche prénom est considérablement altéré, et il me fut impossible, en le publiant avec ma première Lettre, de déterminer alors, d'une manière positive, si le troisième des hiéroglyphes dont il se compose, était une tête de crocodile ou bien celle d'un quadrupède, et enfin si

(1) Première Lettre, page 27.

le quatrième caractère est le signe de la consonne R (la bouche), plutôt que celui de la consonne T (le segment de sphère). De nouveaux monuments observés depuis cette époque me permettent aujourd'hui de présenter ce même prénom (pl. IV, n° 7 *a*) avec les véritables éléments qui le forment dans les inscriptions originales : je le retrouve d'abord sur le revers d'une stèle qui mérite sous plusieurs rapports un examen attentif.

Ce petit bas-relief, de 8 pouces ½ de hauteur, représente sur sa face antérieure un Thébain adorant la reine *Nané-Atari* et son époux le Pharaon *Aménoftep*, fils de Misphrathoutmosis. Le travail de cette portion de la stèle est fort médiocre; toutes les légendes en sont gravées d'une manière pauvre et mesquine. Mais le revers offre cinq têtes humaines de profil, placées irrégulièrement les unes au-dessus des autres, et d'une exécution très-fine et très-soignée (1). Le visage de la cinquième de ces têtes n'existant plus, et le haut de la pierre portant encore un reste de *diadème* ou de *ceinture*, qui tenait sans doute à une sixième figure, il est évident que la scène d'adoration précédemment décrite, a été sculptée sur le revers de l'un des fragments d'un bas-relief plus considérable, ouvrage d'une main bien plus habile, et que le nouvel ar-

---

(1) Voyez la planche VII, qui est de la grandeur de l'original.

tiste retourna sans respecter l'ancien travail. C'est là, Monsieur le Duc, l'unique morceau de sculpture égyptienne qui nous montre des têtes humaines isolées; et cette singularité est d'autant plus remarquable, que ces têtes sont celles de divers souverains de l'Égypte : l'uræus royal qui décore leur front, et les légendes hiéroglyphiques inscrites auprès de la plupart d'entre elles, le démontrent assez clairement.

Quelle que puisse avoir été la destination primitive de ce bas-relief qui ressemble, plus qu'à toute autre chose, à *une étude* ou bien même à une série de portraits de rois, destinée à servir de modèle dans un atelier de stèles religieuses, je me contenterai de le décrire et d'en tirer les documents historiques qu'il renferme.

La tête supérieure à gauche est celle d'une *reine*, très-reconnaissable au vautour qui lui sert de coiffure et au modius qui la surmonte. Les ailes de l'oiseau retombent sur la chevelure nattée et divisée en deux touffes, entre lesquelles paraissent les ornements du collier : le profil est d'un caractère grave; malheureusement la légende qui contenait le nom de cette princesse n'existe plus maintenant.

La tête suivante, d'une expression très-douce et couverte du casque royal, est celle d'un Pharaon : à sa droite se voient encore les signes initiaux de sa légende : *le Seigneur du Monde*, le reste a disparu. Un autre titre, celui de *Seigneur des Contrées* ou *Seigneur des Seigneurs*, surmonte la première, à gauche, des trois têtes de la rangée inférieure, coiffée d'une portion du Pschent, et la suite de sa légende est détruite ainsi que le visage entier. Mais les deux têtes suivantes ont conservé leurs inscriptions complètes; la direction des hiéroglyphes et la place qu'ils occupent ne laissent aucune incertitude sur celles des têtes royales auxquelles il faut les rapporter.

L'une, la troisième du second rang, très-simplement coiffée, mais portant l'uræus sur le front, est surmontée de la légende hiéroglyphique : *le Président de la Région inférieure* SOLEIL STABILITEUR DU MONDE : c'est le Pharaon *Mœris-Thoutmosis* II de la XVIIIe dynastie, dont le *disque*, *le parallélogramme denté* et le *scarabée* forment le prénom particulier sur tous les monuments de l'Égypte.

L'autre tête enfin, celle du milieu de la rangée inférieure, est ceinte d'un diadème que l'uræus, dressé sur le front, enveloppe dans ses nombreux replis : l'inscription placée au-dessous nous apprend que c'est là l'image *du Dieu Bienfaisant*, SOLEIL SEIGNEUR DE LA RÉGION.... *semblable au Soléil Bienfaiteur*. Les 4e, 5e, 6e et 7e caractères de cette légende, perpendiculairement rangés les uns au-dessous des autres, sont précisément le prénom royal de *Misphrathoutmosis*, dernier roi de la XVIIe dynastie et père du chef de la XVIIIe. Il est certain que l'artiste a voulu figurer ici la tête de cet illustre Pharaon, au milieu de celles de plusieurs autres personnages de sa race; et s'il était permis de se prévaloir des ressemblances, soit dans les traits du visage, soit dans les détails de coiffure, que les têtes dont les légendes sont effacées présentent avec celles de différents princes sculptées sur d'autres stèles royales du Musée de Turin, je ne balancerais point à dire que les deux têtes supérieures de ce bas-relief sont celles de la reine *Nané-Atari* et du Pharaon *Aménoftep*, fils de *Misphrathoutmosis*; que la troisième tête coiffée du Pschent, représente le Pharaon *Thoutmosis-Chébron*, leur fils, et la cinquième, leur petit-fils *Mœris-Thoutmosis* comme sa légende le prouve d'ailleurs, *Misphrathoutmosis* étant entre les deux derniers.

Quoi qu'il en soit, cet intéressant bas-relief présentant le troisième signe du prénom de *Misphrathoutmosis* dans un état parfait de conservation, établit aussi que ce caractère est en réalité une *tête de lion*, et non celle d'un crocodile ou d'un cynocéphale, comme on pouvait le supposer en examinant ce même prénom, à demi effacé, et sur la momie de Schébamon, et sur la stèle funéraire citée dans ma première Lettre. Cette tête de lion, suivie du signe de genre T (le segment de sphère), est, ainsi que me le prouvent divers papyrus, le signe symbolique d'une *région* soit céleste, soit terrestre, région dont je n'ai point encore rencontré le nom phonétique. Cette subdivision du monde moral ou du monde physique, est aussi exprimée dans les mêmes textes par les *parties postérieures d'un lion ;* et un fragment de manuscrit hiératique du Musée de Turin, porte encore le prénom du roi *Misphrathoutmosis* (pl. IV, n° 7 *a*), dans lequel le signe *hiératique* des *parties postérieures du lion* occupe aussi la place de la tête de cet animal, constamment figurée dans ce prénom tracé en style *hiéroglyphique.* Ce papyrus, qui nous fera connaître en même temps le *nom propre* monumental du roi appelé Misphrathoutmosis dans les extraits de Manéthon, appartient à une classe très-importante de manuscrits, inconnue jusqu'à ce jour, et au sujet de laquelle il est indispensable d'entrer ici dans quelques détails, puisque la plupart des résultats que je me propose d'exposer dans cette seconde Lettre, sont fondés sur l'autorité de pièces analogues.

On a cru pendant long-temps que les hypogées ou nécropoles creusées dans le voisinage des principales villes de l'Égypte pour recevoir les restes mortels de leur population, ne fourniraient à notre curiosité que des cadavres embaumés, quelques inscriptions funéraires sans intérêt historique, beaucoup de monuments religieux, et des manuscrits contenant seulement des prières pour les morts. La plus grande partie des stèles et des papyrus, transportés en Europe par divers voyageurs dans le courant du siècle dernier et dans les vingt premières années de celui-ci, concoururent à confirmer l'opinion généralement répandue à cet égard. Mais enfin, un contrat en *langue grecque*, plusieurs actes publics *en écriture égyptienne démotique*, et un certain nombre de stèles portant des *dates* exprimées en caractères hiéroglyphiques, trouvés presque en même temps dans les catacombes de Thèbes, sont venus rendre à la science l'espoir fondé de conquérir une foule de documents historiques tout à fait neufs, tirés de l'étude des bas-reliefs et des manuscrits qu'on recueille chaque jour, et en assez grande abondance, dans les tombeaux égyptiens. Les richesses de ce genre, que j'ai été assez heureux pour reconnaître en déroulant les nombreux papyrus du Musée de Turin, ont surpassé mon attente, et portent avec elles la conviction intime qu'il ne dépend uniquement que de quelque gouvernement de l'Europe, qui suivrait le noble exemple donné par S. M. le roi de Sardaigne en acquérant une grande masse de monuments égyptiens, d'assurer à l'époque présente une pleine et entière connaissance de l'histoire, de la religion, des usages et de l'industrie du peuple le plus anciennement civilisé du globe. Je me plais à dire, et c'est un besoin pour mon cœur, qu'il n'a point tenu à vous, Monsieur le Duc, que cette gloire nouvelle ne fût assurée à notre belle patrie.

Sans citer ici un grand nombre de contrats en écriture *démotique*, j'ai trouvé, en effet, dans le Musée Égyptien de Turin, une nouvelle espèce de manuscrits qui offrent un intérêt non moins précieux pour l'histoire : je veux parler d'une quantité considérable de papyrus en écriture *hiératique* ou *sacerdotale*, contenant *des dates*, lesquelles appartiennent toutes sans exception au règne de divers Pharaons ou rois de race égyptienne, fort antérieurs à la conquête des Perses, c'est-à-dire à l'an 525 avant l'ère chrétienne. Par un hasard singulier, et qu'explique facilement la circonstance seule que ces papyrus ont presque tous été tirés d'une même portion de la nécropole de Thèbes, le plus grand nombre de ces pièces historiques remontent, comme le prouvent leurs dates, à l'époque des rois de la XVIIIe et de la XIXe dynastie. Enfin ces textes précieux rappelant quelquefois des faits antérieurs, j'ai dû y retrouver les légendes royales de plusieurs princes dont nous ne possédons point encore d'actes contemporains.

Il est surtout à regretter que la plupart de ces manuscrits soient incomplets, et que plusieurs se réduisent même à des fragments d'une petite étendue. Tels sont en particulier ceux dont j'ai recueilli les restes, avec une religieuse attention, dans une masse de débris de papyrus, de plusieurs pieds cubes, trouvée, selon toute apparence, enveloppée dans une même toile au fond d'une catacombe. Malgré cet état presque complet de destruction, j'ai rassemblé un certain nombre de protocoles d'actes publics de différents règnes, et une cinquantaine de fragments d'un papyrus, le plus précieux de tous, sans aucun doute (1), et dont je me réserve, Monsieur le Duc, de vous entretenir dans une prochaine Lettre.

Quoiqu'il ne soit point un *acte public*, comme beaucoup d'autres que je vais avoir bientôt l'occasion de citer, le manuscrit *hiératique* sur lequel je fixerai d'abord votre attention, devient réellement historique par la nature de son contenu, qui éclaircit un point important des annales de la XVIIe dynastie égyptienne, en prouvant en premier lieu, par son accord avec la Table d'Abydos, que le prénom (pl. IV, n° 7 *a*) est bien celui du *prédécesseur* immédiat du premier roi de la XVIIIe dynastie, et en nous offrant de plus le *nom propre* monumental, jusqu'ici inconnu, de ce vainqueur des Hyk-Schôs, le dernier des princes de la XVIIe.

(1) Ce manuscrit était un *Tableau chronologique des dynasties Égyptiennes.*

Ce papyrus n'est plus qu'un fragment formant toutefois le haut de deux grandes pages, et présentant encore onze lignes entières de chacune d'elles. La première page de ce manuscrit, dont je déterminerai la nature dans ma prochaine Lettre où je produirai aussi son texte original en entier accompagné de sa traduction, ne présente qu'une suite de noms de *dieux* ou de *déesses*, suivis de divers titres; mais ce qui reste de la seconde page, contient successivement les *prénoms* et les *noms propres* de *cinq rois* et de *six reines* ou *princesses* de race égyptienne. C'est la quatrième ligne de cette page, qui nous montre pour la première fois la légende complète du Pharaon appelé *Misphrathoutmosis* ou *Misphragmouthosis* dans les extraits de Manéthon. Cette légende est exactement figurée sur ma planche VIII, n° 3.

La transcription que j'ajoute, en *hiéroglyphes linéaires* ou *cursifs*, du texte *hiératique* de cette légende, et qui est gravée sur la même planche, est faite d'après le tableau général de correspondance perpétuelle des signes de ces deux écritures, tableau formé sur une longue comparaison de textes originaux des deux espèces, et dont j'ai présenté un premier essai imprimé à l'Académie Royale des Inscriptions et Belles-Lettres dans l'année 1821. Il résulte d'abord de cette transcription que ce papyrus est postérieur au règne du Pharaon *Misphrat-*

houtmosis; car le *prénom* de ce prince s'y trouve précédé du titre *Osiris-Roi* (Oⲩⲥⲓⲣⲉ ⲥⲧⲏ), ou l'*Osirien-Roi*, que les monuments donnent aux seuls souverains défunts. Le prénom ne présente d'autre particularité que l'emploi déja noté *des parties postérieures du lion*, à la place de *la tête* de ce quadrupède, que contient ce prénom tracé en écriture hiéroglyphique. Le titre Pⲏ-ⲥⲓ *Fils du Soleil* ou Pⲏ-ⲥⲓ-ⲛⲟⲩⲧⲉ *Fils divin du Soleil* (si le 17e caractère n'est point un simple signe *déterminatif* du groupe Pⲏ *Soleil*), sépare le *prénom* du *nom propre* qui se compose de trois caractères seulement.

Les deux derniers, phonétiques, sont la forme hiératique du mot ⲙⲥ (MS), que nous rencontrons comme élément final de tant de noms propres hiéroglyphiques, et entre autres, dans celui que les Grecs ont transcrit en leur écriture par ΘΕΤΜΩΣΙΣ, ΘΟΥΤΜΩΣΙΣ et même ΘΟΥΘΜΩΣΙΣ. C'est précisément ce mot égyptien Ⲙⲥ, que les Grecs ont rendu ici et ailleurs par ΜΩΣ, ou ΜΩΣΙΣ en ajoutant une finale propre à leur langue. Il ne s'agit donc plus que de fixer la prononciation du premier signe formant le nom propre hiératique du dernier Pharaon de la XVIIe dynastie, pour connaître enfin le nom que ce libérateur de l'Égypte porte en réalité sur les monuments originaux.

Ce signe est la *forme hiératique* du caractère sacré représentant le *croissant de la lune* tracé horizontalement, les pointes dirigées vers le bas; cet hiéroglyphe appartient à la classe des signes purement *figuratifs*, et un heureux hasard m'a fait rencontrer dans le Musée même de Turin, un *papyrus hiératique* contenant les *Litanies du dieu Ooh-Thôouth* (le dieu Lune identifié avec l'Hermès égyptien ibiocéphale), et dont *chaque ligne* présente le même caractère figuratif constamment précédé de sa prononciation exprimée, phonétiquement, par les signes hiératiques (1) répondant à *la feuille*, au *bras étendu* et à *la chaîne*, lesquels, dans *tous* les textes hiéroglyphiques, représentent, les deux premiers, la voyelle A ou O, et le dernier la consonne H. Ce groupe donne donc le mot ⲀⲀϨ *Aah* ou même ⲞⲞϨ *Ooh* qui, dans divers dialectes de la langue égyptienne, signifient précisément LA LUNE Σελήνη, que représente en effet le caractère figuratif. Le nom propre monumental du dernier roi de la XVIIe dynastie, doit donc se prononcer *Aahmôs*, et c'est justement là le nom propre égyptien que les Grecs ont transcrit ΑΜΩΣ, ΑΜΩΣΙΣ, en l'attribuant aussi (circonstance très-remarquable) au Pharaon qui chassa les Hyk-Schôs, ou *Pasteurs*, de l'Égypte.

Du reste, ce nom d'*Amosis* fut porté par plusieurs des Pharaons de la XVIIIe dynastie, descen-

---

(1) Voyez ce groupe, pl. XV, n° A, à la suite de cette lettre.

dants directs de l'AMOSIS - *Misphrathoutmosis*, dernier roi de la XVIIe. Nous trouvons en effet que le fils de ce prince, le premier roi de la XVIIIe dynastie, appelé *Thoutmosis* ou *Tethmosis* dans le texte de Manéthon cité par Josèphe (1), est nommé ΑΜΩΣ ou ΑΜΩΣΙΣ dans les extraits du même auteur faits par l'Africain et Eusèbe. Nous apprenons encore du Syncelle (2) que *Misphrathoutmosis* ou *Misphragmouthosis*, sixième roi de la XVIIIe dynastie et le cinquième descendant en ligne directe d'*Amosis*-*Misphragmouthosis* de la XVIIe, portait aussi le nom d'Ἄμωσις comme son cinquième et son sixième ancêtres (3).

La communauté de nom et de gloire qui existe entre l'*Amosis* Ier ou *Misphragmouthosis*, de la XVIIe dynastie, qui, chassant les pasteurs de l'Égypte moyenne les refoula dans Avaris, et l'*Amosis* II, *Aménoftep-Thoutmosis*, son fils, premier roi de la XVIIIe, qui continua le siége de la ville et força les barbares d'évacuer l'Égypte, dut nécessairement produire quelque méprise dans les écrits des chronologistes anciens. Une telle confusion ne peut exister en étudiant les monuments égyptiens eux-mêmes, puisque le premier de ces princes y est

(1) Josèphe, contre Apion, livre Ier.

(2) Georges le Syncelle, *Chronograph.*, pag. 68, edit. Reg.

(3) *Idem*, pag. 63, edit. Reg.

rappelé sous le nom d'*Amosis*, et le second sous celui d'*Aménoftep*; et il n'est pas inutile de vous prier, Monsieur le Duc, de remarquer que la différence de nom entre les auteurs et les monuments, différence qui aurait droit de surprendre s'il s'agissait d'une toute autre histoire que de celle d'Égypte, s'explique très-naturellement par le fait seul attesté par l'antiquité même, que *les rois de race égyptienne portaient* DEUX ou même TROIS *noms différents à la fois*, ΔΙΩΝΥΜΟΙ γὰρ καὶ ΤΡΙΩΝΥΜΟΙ πολλαχοῦ τῶν Αἰγυπτίων οἱ Βασιλεῖς εὕρηνται. (G. Sync. 63 *a*.)

Il résulte de tous les faits que je viens d'exposer, que la légende royale entière du dernier Pharaon de la XVIIe dynastie égyptienne contemporaine des *Pasteurs*, était ainsi conçue : Le Roi SOLEIL SEIGNEUR DE (telle région), le *Fils du Soleil* AMOSIS (pl. IV, n° 7 *a* et *b*). Nous ne possédons encore que les *prénoms* seuls des rois Thébains de la même dynastie qui occupèrent le trône avant lui; mais, comme je l'ai déja dit, la Table d'Abydos donne avec précision l'ordre dans lequel ils doivent être classés chronologiquement. Nous ignorons, il est vrai, les *noms propres* de ces princes, aucun fragment historique, soit égyptien, soit grec, ne nous les ayant transmis : mais il peut arriver, d'un jour à l'autre, des monuments originaux qui les feront connaître, de la même manière qu'ils viennent de nous fournir déja celui du dernier roi de cette dynastie. L'important, au fond, est de posséder les cartouches *prénoms*, et d'être sûr de leur classification relative, parce que les *prénoms* seuls sont toujours produits de préférence aux *noms propres* dans les inscriptions historiques.

Deux scarabées du Musée de Turin portent le prénom royal (pl. IV, n° 2) qui, d'après la Table d'Abydos (le dernier cartouche à droite de la ligne intermédiaire), est celui du cinquième prédécesseur d'*Amosis-Misphrathoutmosis* (pl. IV, n° 7 *a* et *b*). Les quatre autres prénoms royaux suivants (pl. IV, n°s 3, 4, 5 et 6), inscrits aussi sur cet important tableau généalogique, sont ceux des rois Thébains de la XVIIe dynastie, qui régnèrent successivement avant ce même *Amosis*.

Le prénom n° 3, celui du quatrième prédécesseur d'*Amosis* sur la Table d'Abydos, est aussi imprimé, suivi du titre *Approuvé d'Ammon* (1), sur une portion de *bretelle* ou plutôt de *collier* en cuir que décore cette légende royale frappée sur gomme (2). Le second cartouche, qui renfermait le nom propre de ce roi, est à moitié effacé; il ne reste de visible que les hiéroglyphes exprimant les

(1) Ce groupe est gravé dans mon Précis du système hiéroglyphique, Tableau général, n°s 400 et 401.

(2) Je dois la connaissance de ce curieux objet, à l'amitié de Mr L. J. J. Dubois, son possesseur actuel.

4

mots ΑΜΝΜΑΙ ΠΙ.... le *Chéri d'Ammon Pi....* ou *Amménémé Pi....* en prenant le premier groupe, non pour un titre, mais pour une partie du nom propre lui-même.

On rencontre plus fréquemment sur les monuments du vieux style égyptien, le prénom royal suivant n° 4. Une stèle funéraire de quatre pieds et plus de hauteur, appartenant à M. Saulnier, est datée de l'an VI du règne de ce roi (pl. VIII, n° 1), dont le prénom est, sur cette stèle, semblable en tout à celui que présente la Table d'Abydos.

Je retrouve le même prénom sur deux scarabées du Musée de Turin, avec cette variation cependant que le caractère hiéroglyphique figurant *deux bras élevés* ne paraît qu'une seule fois dans chacun de ces amulettes, tandis que ce signe est exprimé trois fois dans les autres copies précitées de ce prénom, comme aussi sur un scarabée lithographié sous le n° 410 du recueil de M. de Palin, où il est entremêlé des titres ϹΤΝ-ϹΕ-ΡΗ *Roi, Fils du Soleil.* De plus, quelques portions du temple de Semné, dans la haute Nubie, offrent ce même prénom royal rappelé dans des textes relatifs au Pharaon *Mœris-Thoutmosis* de la XVIIIe dynastie, sous le règne duquel ont été décorées ces portions de l'édifice, si, comme je le pense, les dessins que j'en connais sont parfaitement exacts (1).

(1) Cailliaud, Voyage à Méroé, vol. II, pl. 29.

C'est encore un scarabée du Musée de Turin, qui reproduit le prénom royal n° 5, c'est-à-dire, d'après l'autorité irrécusable de la Table d'Abydos, celui même du second prédécesseur et probablement de l'ayeul d'Amosis, et l'un des rois de la XVIIe dynastie. La domination de ce prince sur les portions de l'empire égyptien que les Hyk-Schôs n'occupaient point, semble avoir été d'une longue durée, car une stèle funéraire hiéroglyphique, existant à Paris dans la collection de M. Révil, est expressément datée de la XXVIIe *année* du règne de ce Pharaon (pl. VIII, n° 2). J'ai de plus reconnu ce même *prénom* sur une magnifique stèle de la collection Nizzoli, récemment acquise par le Grand-Duc de Toscane (1). Enfin le prénom du prédécesseur d'*Amosis-Misphrathoutmosis* (pl. IV, n° 6), c'est-à-dire celui de l'avant-dernier roi de la XVIIe dynastie, existe sur divers scarabées, comme sur une stèle du cabinet du roi à Paris.

On trouvera sur la planche IV (n°s 2, 3, 4, 5, 6 et 7) qui accompagne cette Lettre, les prénoms de ces six nouveaux Pharaons dans l'ordre indiqué par le monument d'Abydos, et sous le titre de XVIIe dynastie, *Thébaine* ou *Diospolitaine*, conformément encore aux extraits et au texte même de Manéthon. Il est certain qu'on ne découvrira

(1) Ce prénom existe également sur le scarabée n° 1737 du Recueil de Mr de Palin.

jamais sur des monuments de style véritablement égyptien, les noms des rois Hyk-Schôs qui opprimaient une grande partie de l'Égypte, dans le temps même que les premiers princes de cette XVIIe dynastie légitime possédaient les provinces les plus éloignées de Memphis où les chefs des barbares paraissent avoir établi le siége de leur domination. Je laisse à mon frère le soin important de fixer chronologiquement l'époque de l'existence de cette dynastie Thébaine, en faisant observer, toutefois, 1° que nous pouvons regarder les quatre plus anciens prénoms de cette série (les n°s 2, 3, 4 et 5) comme les quatre rois égyptiens cités par le Syncelle, lesquels furent contemporains des *Pasteurs*, et gouvernèrent une partie de l'Égypte tout en reconnaissant, selon bien des probabilités, la suzeraineté des Hyk-Schôs; 2° que les deux derniers de ces prénoms (les n°s 6 et 7 *a*) ont appartenu aux rois Thébains qui, s'étant insurgés contre les barbares, comme le dit formellement Manéthon (1), leur firent une longue guerre, et parvinrent à les refouler jusque dans *Avaris* leur dernier retranchement.

L'histoire égyptienne écrite par les Grecs ne nous a transmis ni les noms propres, ni la durée des

---

(1) Dans son texte cité par Josèphe, premier livre contre Apion.

règnes particuliers de chacun des rois de cette antique dynastie : mais tout prouve, Monsieur le Duc, que les monuments originaux doivent un jour suppléer à ce silence total des écrivains classiques. Déja même deux *stèles funéraires* établissent clairement que les règnes des 3e et 4e rois de cette famille furent, pour le moins, l'un de *six* et l'autre de *vingt-sept* années. Espérons donc que des bas-reliefs du même genre viendront successivement nous en apprendre davantage; et j'ai dit des monuments du même genre, car c'est seulement dans la profondeur des catacombes égyptiennes, dans ces lieux secrets et d'un accès si difficile, que des objets d'art d'une telle antiquité purent se conserver intacts et échapper à la fois aux injures des siècles et à celles des Hyk-Schôs.

Les documents nouveaux que je déduis d'un simple fragment de manuscrit, qui n'est cependant aussi qu'un texte relatif à des matières religieuses, ne se bornent point à la connaissance du nom propre du dernier Pharaon de la XVIIe dynastie, et à celle des signes qui composent son prénom : j'y retrouve textuellement, avec la légende royale complète d'*Amosis-Misphrathoutmosis*, celles des trois premiers princes de la XVIIIe dynastie, ses successeurs et ses descendants. Ce manuscrit et le grand nombre d'actes publics *hiératiques*, remontant à cette XVIIIe dynastie, que j'ai reconnus dans le Musée de Turin, nous donnent ainsi un moyen inattendu de vérifier et de contrôler en quelque sorte les résultats relatifs à la succession de ces rois, déja tirés de l'étude seule des monuments hiéroglyphiques. D'un autre côté, il importe de s'assurer par les dates des années de ces princes, consignées dans la plupart de ces pièces hiératiques, si la durée de leurs règnes respectifs a été exactement déterminée dans la *Notice chronologique* jointe par mon frère à ma *première Lettre*, d'après les divers extraits de Manéthon, et si ses recherches ne sont point contredites par l'autorité décisive de ces pièces originales, dont je n'ai fait la découverte que dans le mois d'octobre passé.

Le papyrus *hiératique* cité en premier lieu, et qui ne peut remonter qu'à la XXIIIe dynastie, ainsi que je l'établirai ailleurs, démontre en effet l'exactitude rigoureuse de notre classification des prénoms et noms propres royaux hiéroglyphiques de la XVIIIe dynastie, quant aux trois premiers princes de cette famille; car ce texte, qui renferme une série assez étendue de surnoms et de noms propres de rois, de reines et de princesses, disposés selon l'ordre de succession, nous montre le nom d'*Amosis-Misphragmouthosis* accompagné des *légendes* de ses descendants, les trois premiers Pharaons de la XVIIIe.

La première de ces légendes en partant d'*Amosis*

(légende figurée sur notre planche VIII, n° 4, avec sa transcription hiéroglyphique linéaire), est bien celle d'*Aménoftep-Amosis-Thetmosis*, Pharaon que j'ai reconnu dans ma précédente Lettre, pour être à la fois et le fils d'*Amosis-Misphragmouthosis*, et le premier roi de la XVIIIe dynastie (1).

La seconde (pl. IX, n° 6) est aussi celle de *Thoutmosis* Ier, second roi de la XVIIIe dynastie.

Enfin, dans la troisième (pl. IX, n° 7), nous reconnaissons également le *prénom* du successeur immédiat de *Thoutmosis* Ier, déja déterminé dans ma première Lettre. Mais je lis aussi dans ce manuscrit hiératique, et pour la première fois, la légende complète de ce roi, c'est-à-dire son *prénom*

---

(1) La légende d'*Aménoftep* (pl. VIII, 4 *a.*) est répétée, toujours en écriture *hiératique*, sur un très-petit fragment d'un autre manuscrit de Turin portant deux fois, au *verso*, une date de règne : Ⲡⲟⲩⲛⲉ ⲉ̅ Ⲭⲟⲓⲁⲕ ⲥⲟⲩ ⲕ̅ⲁ̅, *L'an V, du mois de choïak le* 24. Mais l'exiguité de ce débris d'un long manuscrit, ne permet point d'affirmer que cette date doit être réellement attribuée au règne du Pharaon *Aménoftep* nommé au *recto* de ce même papyrus, plutôt qu'au règne d'un roi beaucoup moins ancien. J'ai aussi extrait une troisième légende d'*Aménoftep* (pl. VIII, n° 4 *b.*), de deux textes hiératiques fort étendus, écrits au pinceau et à l'encre noire, sur la partie intérieure des couvercles de deux des riches cercueils de la momie de Schébamon (Première *Lettre*, pag. 27), appartenant aussi au musée de Turin. Cette légende diffère des précédentes par l'addition du caractère phonétique ϥ au nom propre d'*Aménoftep* écrit ainsi *Aménoftepf*.

suivi de son nom propre. Les signes formant le mot *Amon-mai* ⲀⲘⲚⲘⲀⲒ, que j'ai précédemment trouvés liés au prénom de ce prince, ne sont donc qu'un simple titre *le Chéri d'Ammon*, ainsi que je l'avais d'abord supposé (1), puisque le texte hiératique (pl. IX, n° 7) démontre positivement que le *nom propre* monumental de ce troisième roi de la XVIIIe dynastie, appelé *Aménophis* par Manéthon, fut ⲐⲰⲞⲨⲦⲘⲤ, THOUTMOSIS (*l'Enfant de Thôout*), comme celui de son prédécesseur. En complétant ainsi les documents réunis dans ma première Lettre sur les rois de la XVIIIe dynastie, ce papyrus hiératique fournit une nouvelle preuve de la prédilection de cette famille de souverains pour le nom propre *Thoutmosis* ou *Thetmosis*, que Manéthon donne aussi à *Aménoftep*, leur chef (2).

J'ajouterai en dernier lieu que ce précieux fragment de manuscrit porte en tête de la série des noms propres de reines mentionnées dans son texte

---

(1) Première Lettre, pag. 26.

(2) Conformément aux nouveaux faits déduits de ce texte hiératique, il faudra donc entendre désormais en parlant des rois de la XVIIIe dynastie, par

Thoutmosis Ier...	Le *Chèbron*	de Manéthon.
Thoutmosis II....	L'*Aménophis* Ier	
Thoutmosis III...	Le *Misphra* (Mœris)	
Thoutmosis IV...	Le *Thoutmosis* prédécesseur d'Aménophis II (Memnon).	

purement religieux, celui de l'épouse d'*Aménoftep*, de laquelle sont issus tous les princes de la XVIIIe famille royale. Ce cartouche est précédé (pl. IX, nº 5) du titre *Divine Épouse du dieu Ammon*, que j'ai déja trouvé dans les inscriptions hiéroglyphiques d'une statue en bois de cette princesse; quant au nom propre lui-même ⲁⲁⲙⲏⲥ-ⲛⲁⲛⲉ ou (ⲣ̄ⲡ̄ⲧⲛⲁⲛⲟⲩϥ)-ⲁⲧⲁⲣⲓ, le premier mot du cartouche ⲁⲁⲙⲏⲥ, *Aahmès* ou *Aähmos* (dont j'ai donné la simple traduction par l'*Enfant de la Lune* ou l'*Engendrée de la Lune*, en publiant des légendes hiéroglyphiques de cette reine dans ma première Lettre), semble devoir être consideré non comme un simple titre, mais comme la partie principale de son nom propre, si nous remarquons aussi que ce groupe est le nom propre véritable du père de l'époux de cette reine, *Amosis*, et celui de son époux lui-même dans les deux extraits de Manéthon.

D'autres *manuscrits hiératiques*, mais d'un ordre différent, m'ont présenté la légende royale du 4e roi de la XVIIIe dynastie, celle du *Mœris* des auteurs grecs, (Thoutmosis II de ma précédente Lettre et Thoutmosis III d'après les papyrus), le fils et l'héritier de la reine *Amensé*, sœur de Thoutmosis II et petite-fille d'*Aménoftep*. Ces papyrus sont des débris d'actes et de registres publics. Trois de ces fragments, d'écritures différentes, portent le *prénom* de *Mœris-Thoutmosis*, mais précédé du seul titre ⲤⲦⲚ-ⲚⲞⲨⲦⲈ *Roi Divin* et sans date, ce qui montre que ces pièces n'appartiennent point à l'époque même de son règne, et qu'elles ont été écrites postérieurement à l'apothéose de cet illustre Pharaon. L'un de ces courts fragments présente en effet, au verso et en très-gros caractères, les restes d'un protocole daté du règne de *Ramsès* VI ou *le Grand*, premier roi de la XIXe dynastie. Mais une portion d'acte, remarquable par la teinte de vétusté du papyrus sur lequel elle est écrite, remonte bien certainement au temps même de Thoutmosis III, le *Mœris* des Grecs, puisque cette pièce est expressément datée de l'une des premières années de son règne : le protocole de cet acte est conçu en ces termes (pl. IX, n° 8) : « *L'an V, du mois de Thoth le* 1er (Ⲡⲟⲩⲛⲉ ⲉ̄ ⲑⲱⲟⲩⲧ ⲥⲟⲩ ⲁ̄) *sous la présidence divine du Roi du Peuple obéissant* SOLEIL STABILITEUR DU MONDE *Fils divin du Soleil* THOUTMOSIS ; » et la date de cette pièce écrite par un certain *Osoramon* (Osorammon), rentre parfaitement dans les courtes limites assignées au règne de Mœris. Ce fragment remonterait ainsi à l'an 1732 avant notre ère, et compterait aujourd'hui 3557 ans d'antiquité, si, comme tout concourt à le démontrer d'ailleurs, les époques précédemment assignées aux divers règnes des princes de la XVIIIe dynastie, sont très-approximativement exactes. Ainsi le Musée de Turin possède la charte la plus ancienne qui soit connue jusqu'ici en Europe.

J'avouerai, Monsieur le Duc, que j'eusse été moi-même tout le premier effrayé d'une telle antiquité, si ce frêle morceau de papyrus ne sortait point des hypogées de l'Égypte, où aucune autre cause de destruction, si ce n'est l'homme seul, ne peut faire disparaître les objets que l'on y renferma jadis avec tant de soins, et si surtout je n'avais retrouvé dans les papyrus tirés de ces mêmes catacombes, une nombreuse série de pièces pareilles formant une chaîne presque continue de dynastie en dynastie, et qui lient, pour ainsi dire, cette époque si prodigieusement reculée dans l'ordre actuel de nos idées, avec des temps plus rapprochés de nous, je veux dire avec l'époque, comparativement moderne, où les successeurs d'Alexandre usurpèrent à leur tour le trône des Pharaons.

J'ai recueilli, en effet, dans les débris de papyrus du Musée de Turin, trois courts fragments de deux registres de recettes publiques, appartenant au règne du Pharaon *Aménophis* II, arrière petit-fils de Mœris-Thoutmosis III. Aucun de ces morceaux ne conserve, à la vérite, le protocole royal tout entier; mais ceux-ci offrent, dans plusieurs de leurs parties, la date de l'année et du mois, soit les mots Ⲣⲟⲙⲡⲉ ⲅ̄... (*l'an* IIIe), soit Ⲣⲟⲙⲡⲉ ⲓ̄ⲇ̄, ⲡⲁⲣⲙⲟⲩⲧⲉ ⲥⲟⲩ ⲓ̄ (*l'an XIV, de Pharmoutile* 10) (pl. IX, n° 9 *a*);

et tous portent le *prénom* entier du Pharaon Aménophis II : *le Roi* ou *le Seigneur du monde*, SOLEIL SEIGNEUR DE LA RÉGION INFÉRIEURE (*idem*). La date de l'an XIV du premier de ces registres est tout aussi admissible que celle de l'an III du second, puisqu'Aménophis II a régné plus de trente ans suivant les divers extraits de Manéthon.

D'autres fragments, dont quelques-uns sont d'une écriture menue et très-maigre, m'ont paru aussi avoir appartenu à un registre de recettes, tenu par deux scribes appelés *Horus* (ϩωρ) et *Amménémoph* (Ⲁⲙⲛⲙⲟⲫ). Ces morceaux de papyrus sont remplis de chiffres et de calculs ; deux d'entre eux ont heureusement conservé toute la partie essentielle de leur protocole. Je place sous le n° 10, planche X, le calque du mieux conservé des deux registres, et dont voici la transcription : ϩⲙ ⲧⲣⲟⲙⲡⲉ ⲃ ⲭⲟⲓⲁⲕ ⲥⲟⲩ ⲓ̅ⲉ ⲛⲥⲧⲛ (ⲣⲏ-ⲙⲛ-ⲥⲧⲛ), et le sens : *Dans la seconde année, de Choiak le* 15, *du Roi* SOLEIL STABILITEUR DE LA RÉGION INFÉRIEURE. Le nom propre du roi n'existe plus ; mais le *prénom* subsistant nous apprend assez que ces pièces appartiennent au règne de l'un des *Achenchérès* de la XVIIIe dynastie, *Ousirei* ou *Mandouei*, arrière-petits-fils d'Aménophis II, et qui ont gouverné l'Égypte, l'un vers l'an 1597, et l'autre vers l'an 1585 avant notre ère.

Un autre court fragment, d'une très-belle écriture, m'a offert le prénom royal de *Ramsès* III, *le Roi du Peuple obéissant*, SOLEIL DE LA RÉGION INFÉRIEURE AMI D'AMMON (pl. X, n° 11). Je le retrouve également sur d'autres débris, mais sans l'indication d'aucune date.

Le plus long des règnes de la XVIIIe dynastie fut celui de *Ramsès* IV dit *Méiamoun* (l'ami d'Ammon), l'ayeul de *Ramsès le Grand*, qui posséda pendant plus de soixante ans un trône sur lequel n'avaient fait que passer *Ramsès* II et *Ramsès* III, successeurs des *Achenchérès*. De nombreux fragments de manuscrits, sur lesquels on lit la légende royale de ce Pharaon, existent aussi dans le Musée de Turin : quelques-unes de ces pièces sont ou de *l'an VI et du 20 du mois de Paopi* (Ⲣⲟⲙⲡⲉ ⲋ ⲡⲁⲱⲡⲉ ⲥⲟⲩ ⲕ̄), ou *de l'an XIV et du premier de Choiak* (Ⲣⲟⲙⲡⲉ ⲓ̄ⲇ̄ ⲭⲟⲓⲁⲕ ⲥⲟⲩ ⲁ̄); mais comme le nom de *Ramsès-Méiamoun* ne se trouve point précisément lié avec ces dates, qui conviennent d'ailleurs avec la durée de son règne, on peut douter, avec quelque espèce de raison, que ces papyrus aient été écrits dans la 6e et la 14e année de ce règne, quoiqu'ils contiennent certainement son *prénom* et son *nom propre*, transcriptions très-exactes en style hiératique, et signe pour signe, de ses légendes hiéroglyphiques. Il ne peut toutefois subsister un pareil doute à l'égard d'un reste de pièce (pl. X, n° 12) portant expressément la date suivante : *l'an XII et d'Epiphi le* 19 (Ⲣⲟⲙⲡⲉ ⲓ̅ⲃ̅ ⲉⲡⲏⲡ ⲥⲟⲩ ⲓ̅ⲑ̅) *du Roi du Peuple obéissant* SOLEIL GARDIEN DE LA RÉGION INFÉRIEURE AMI D'AMMON. Ce fragment remonte donc à très-peu près à l'an 1548 avant notre ère ; il a fait partie, comme la plupart des papyrus cités jusqu'ici, d'un registre de comptabilité publique.

Le plus complet des manuscrits hiératiques de ce genre, appartient au règne de Ramsès V, père de Ramsès le Grand, et le dernier des rois de la XVIIIe dynastie. Il consiste en trois fragments contenant en tout *cinq* pages à peu près entières : ce sont les débris d'un registre de *recettes sacrées*, tenu par un scribe nommé *Thoutmosis* Ⲑⲱⲟⲩⲧⲙⲥ. Le premier fragment est d'une seule page ; le commencement et la fin de la plupart des lignes n'existent plus, mais les deux premières nous conservent le protocole général du registre presque en entier, ce qui devient précieux ; car, selon l'habitude assez constamment suivie dans la rédaction de cette sorte de manuscrits, c'est vers le haut de la première page du registre qu'on mentionne seulement *le roi régnant*, et l'on se contente de mettre la date de l'année du règne et le quantième du mois en tête de tous les articles subséquents. Le protocole de ce manuscrit (pl. XI, n° 13) est conçu en ces termes : *L'an XII, de Paopi le* 16, *sous la divine présidence du Roi du Peuple obéissant, Seigneur du monde*, SOLEIL STABILITEUR DE LA RÉGION INFÉRIEURE APPROUVÉ PAR PHTHA, *Fils divin du Soleil, Seigneur des Contrées* (ou *des Seigneurs*) RAMSÈS *Chéri d'Ammon divin Président*, etc. La lacune de treize à quatorze signes existant sur le manuscrit original, entre la fin du cartouche *prénom* et le commencement du *nom propre*, a été facile à remplir par le moyen d'une superbe pièce hiératique appartenant aussi au Musée de Turin, et qui contient la légende entière de ce même Ramsès V : je la reproduis dans la planche XI, n° 14 ; elle sert réellement à compléter le protocole précédent, (pl. XI, n° 13). Ce magnifique modèle d'écriture sacerdotale porte la date (Pouпє ιζ χοιακ coγ ιє) de *l'an XVII, le 15 du mois de Choiak* (même planche, n° 14 *a*.)

Le Pharaon Ramsès V, l'Aménophis-Ramsès de Manéthon, ayant régné dix-neuf ans d'après les divers extraits de cet historien, ces deux pièces originales rentrent donc, comme il arrive de toutes celles que j'ai déja citées, dans les limites du règne de ce roi, limites fixées par les recherches chronologiques exposées à la fin de ma première Lettre. Je remarquerai aussi, et dans le même intérêt, qu'à la première page du troisième fragment du registre de l'an XII de Ramsès V, il est fait mention, dans un article *du* 13 *de Choiak*, d'un individu appartenant à la *demeure du Roi divin*, SOLEIL GARDIEN

DE LA RÉGION INFÉRIEURE AMI D'AMMON, c'est-à-dire d'un habitant du Palais ou de la partie de Thèbes où se trouvait le Palais bâti par le Pharaon défunt, *Ramsès-Méiamoun*. En me réservant de déterminer ailleurs ce qu'il faut entendre par la *demeure de Mandou*, la *demeure d'Amon-Ra Roi des Dieux*, la *demeure de Mœris* (Thoutmosis III), la *demeure d'Aménophis* II, la *demeure de Ramsès VI* (le Grand), si souvent rappelées dans plusieurs registres hiératiques, je cite seulement ici la mention de la demeure de Ramsès IV (Méiamoun), faite dans un registre du règne de Ramsès, comme une preuve de l'exactitude avec laquelle la succession des divers Pharaons appelés *Ramsès*, a été déduite dans ma première Lettre, d'après les seuls textes hiéroglyphiques.

Ainsi, Monsieur le Duc, tous les nouveaux documents extraits de ces manuscrits *hiératiques*, pièces originales remontant à la XVIIIe dynastie, s'accordent avec les résultats tirés d'abord des inscriptions en caractères sacrés, gravées soit sur les édifices de l'Égypte, soit sur les statues, les bas-reliefs et les stèles religieuses, monuments par la comparaison desquels nous avons cherché à reconnaître les légendes royales de tous les souverains composant la plus illustre des dynasties égyptiennes. En mettant encore à profit de telles lumières, et en puisant à la fois dans ces deux sources, les *textes hiératiques* et les *inscriptions hiéroglyphiques*, sources diverses en apparence, mais également pures, j'essaierai dans cette Lettre, autant du moins que le permettent et le petit nombre de monuments, et la divergence des traditions historiques, de distinguer parmi les légendes royales inscrites dans les papyrus, ou gravées sur les temples et sur une foule d'objets d'art de petite proportion, celles de ces légendes qui appartiennent aux rois égyptiens des XIXe, XXe et XXIe dynasties. Les légendes des Pharaons de la XVIIIe ayant été déterminées dans ma précédente Lettre, et la première partie de celle-ci faisant connaître les *prénoms* des rois de la XVIIe, le Canon de Manéthon se trouvera, quant à ce qui regarde ces mêmes familles royales, appuyé par le témoignage irréfragable de monuments contemporains, et onze siècles entiers seront ainsi rendus à l'histoire positive.

Le premier roi de la XIXe dynastie fut *Ramsès* VI (le grand Sésostris), et j'ai dû, dans ma précédente Lettre, donner sa légende royale et l'indication des principales images de cet illustre Pharaon, réunies dans le Musée Égyptien de S. M. le roi de Sardaigne. Mais j'appellerai encore une fois votre attention, Monsieur le Duc, sur la plus importante de ces statues. Les nombreux morceaux de ce magnifique colosse, jadis monolithe et naguère démembré, selon toute apparence, par les effets d'un violent incendie, sont maintenant assemblés et parfaitement réunis. A l'exception de *la tête* seule du petit *Uræus* qui ornait le casque du conquérant, et que l'on n'a point retrouvée, la statue est complète; quelques légères sutures rappellent à peine l'état déplorable de destruction dans lequel elle est arrivée à Turin. On peut juger aujourd'hui si ce que j'ai avancé sur la beauté du travail et sur la pureté des formes de ce colosse, est fondé sur la réalité, ou n'est de ma part que le fruit d'une sorte de préoccupation en faveur de ce qui appartient à l'Égypte. Je ne crains point de répéter qu'à la vue seule de cette image de *Ramsès*, tout homme de goût et sans préjugés systématiques abjurera bien vite la doctrine courante, qui a résolu de ne point accorder la connaissance de l'art, proprement dit, à la vieille Égypte, et qui s'obstine à ranger toutes les créations de la sculpture égyptienne parmi les produits informes de ce qu'on a voulu appeler l'*art sans imitation*. J'admire les chefs-d'œuvre de la sculpture grecque; je suis entraîné par le charme de leurs inimitables perfections, sans être Philhellène au point de croire que la Grèce seule fut, exclusivement à toute autre contrée, le berceau et la patrie des beaux-arts. Je crois aussi, avec les anciens Grecs eux-mêmes, et contradictoirement à l'opinion qu'on tente d'établir de nos jours, que les plus anciens artistes de la Grèce, architectes, xyloglyphes, toreuticiens, statuaires et sculpteurs reçurent les premières leçons des Égyptiens. C'est sans doute une assez belle gloire pour les Grecs que d'avoir surpassé leurs maîtres de si loin, graces à l'organisation politique de leur patrie, qui procura aux beaux-arts un si merveilleux développement.

Dans l'état actuel du colosse de Ramsès le Grand, le nom de la femme de ce Pharaon, la reine *Ari* ou *Nanet-Ari*, que j'avais d'abord cru omis par le sculpteur (1), est très-visible à la suite des titres *sa Royale et Puissante Épouse qui l'aime*: ce nom propre est enclos dans un cartouche et présente une variante que je fais graver sous le n° 9 de la planche IV, à la suite de la légende royale de *Ramsès-le-Grand*, (n° 8), son mari, et en tête des cartouches de la XIXe dynastie, dite *Diospolitaine* comme les deux précédentes.

Un nombre très-considérable de fragments de papyrus, en écriture hiératique, m'ont offert la légende, plus ou moins complète, du plus illustre des conquérants égyptiens. Quelques-uns de ces débris portent des indications de l'an III et de l'an XIV de son règne; mais les deux protocoles les mieux conservés sont ceux dont je donne le fac-simile (pl. XII, n° 15 et 16). Le premier,

(1) Première Lettre, page 72.

qui a fait partie d'un registre de comptabilité, renferme le prénom entier du Pharaon : Ⲡⲟⲩⲛⲉ ⲏ̄ ϩⲁⲑⲱⲣ ⲥⲟⲩ ⲕ̄ⲑ̄, etc. *L'an VIII, du mois d'Athyr le 29, sous la divine présidence du Roi du Peuple obéissant Seigneur du Monde*, SOLEIL-GARDIEN-DE-LA-RÉGION-INFÉRIEURE-APPROUVÉ-PAR-PHRÉ. Le revers de ce même papyrus contient *un reçu* daté aussi de *l'an VIII, du 3 de Méchir;* mais ce petit acte est écrit sur un long texte dont on a évidemment enlevé une partie pour faire place à la nouvelle écriture : voila sans doute le plus ancien manuscrit *palimpseste* qui soit connu.

Le second protocole du règne de *Ramsès-le-Grand* est en tête d'un fragment d'acte d'une belle écriture, mais dont aucune ligne n'est entière. Toutefois ce protocole, qui n'a perdu que les derniers caractères du cartouche *nom propre*, est bien conservé. Il est ainsi conçu : ϩⲛ Ⲡⲟⲩⲛⲉ ⲏ̄ ⲙⲉⲥⲱⲣⲉ ⲥⲟⲩ ⲕ̄ⲇ̄ ⲛ ⲥⲧⲛ, etc. *dans l'année VIII, du mois de Mésori le 24, du Roi* SOLEIL-GARDIEN-DE-LA-RÉGION INFÉRIEURE-APPROUVÉ-PAR-PHRÉ, Seigneur du monde, RAMSÈS. Cette pièce est jusqu'ici la seule de cette époque dans laquelle j'aie constaté l'absence du titre FILS DU SOLEIL, qui devrait être immédiatement placé avant le cartouche nom propre.

Ces divers manuscrits appartiennent donc incontestablement aux premières années de Ramsès VI (le Grand), chef de la XIXe dynastie, et dont le règne eut une durée de plus de 50 ans. Pendant cette période fortunée, l'Égypte fut, pour ainsi dire, couverte, au rapport unanime des historiens, de constructions magnifiques et d'étonnants ouvrages d'utilité publique. La célébrité, et bien mieux encore les bienfaits de ce monarque envers ses peuples, nous expliquent assez le nombre immense de monuments de tout genre qui, existant soit en Égypte, soit dans les collections de l'Europe, sont évidemment consacrés à sa mémoire, ou conservent du moins le précieux souvenir de sa paternelle administration. Parmi ceux de ce genre que possède le Musée de Turin, j'en citerai encore un seul, parce qu'il offre à la fois la légende royale de *Ramsès le Grand* et celle du Pharaon son successeur, le second roi de la XIXe dynastie.

L'Égypte seule, attendu la constante douceur de son climat, pouvait fournir un pareil objet à notre étude : c'est une porte ou plutôt les montants et le couronnement d'une porte en bois de sycomore, de 9 pieds de hauteur, sculptés et peints, et d'une conservation parfaite. La corniche, semblable en tout à celle des propylons et des portes des temples ou des palais, est ornée de canelures alternativement rouges, vertes et blanches.

Le fond de la frise et des montants est peint en rouge brun; mais toute la largeur de l'une et les deux tiers de la hauteur des autres sont occupés

*

par une superbe bande d'hiéroglyphes de grandes proportions, sculptés de bas-relief dans le creux, et se détachant sur un fond jaune doré. Deux filets, profondément creusés et remplis de couleur bleu-céleste, cernent l'inscription, qui se divise en deux parties en quelque sorte *affrontées* l'une à l'autre. Ces légendes ont un signe qui leur est commun : c'est le caractère hiéroglyphique exprimant la *vie divine*, sculpté au milieu de la frise, et qui sert de point de départ, comme de premier signe, aux deux légendes. Ce caractère ou plutôt cette expression la *vie divine*, est une formule initiale qui, dans les textes égyptiens, me paraît avoir eu le même but religieux et le même emploi que l'ΑΓΑΘΗΙ ΤΥΧΗΙ, *à la bonne fortune*, des Grecs, le بسم الله الرحمن الرحيم *Au nom de Dieu clément et miséricordieux* des Orientaux, et la formule *In nomine sanctæ et individuæ Trinitatis*, si habituellement employée par les peuples chrétiens en tête d'inscriptions et d'actes publics de tout genre.

La légende hiéroglyphique commençant à la droite du caractère central, et d'abord tracée horizontalement sur la frise, devient ensuite perpendiculaire et occupe le milieu du montant de droite. Elle contient l'expression des idées suivantes :

La vie divine! le *Roi du Peuple obéissant*, *Sei-*

gneur du Monde, SOLEIL GARDIEN DE LA RÉGION INFÉRIEURE APPROUVÉ PAR PHRÉ; le *Fils du Soleil Seigneur des Contrées, le Chéri d'Amon-Ra*, RAMSÈS, *Aimé d'Amon-Ra-Roi-des-Dieux-Seigneur-Suprême*, Président de la Région *Céleste*, *Vivificateur.*

La légende placée à gauche, et dont les signes vont en sens inverse, est ainsi conçue :

LA VIE DIVINE! *le Roi du Peuple obéissant, Seigneur du Monde*, SOLEIL GARDIEN DE LA RÉGION INFÉRIEURE APPROUVÉ PAR PHRÉ, *le Fils du Soleil Seigneur des Contrées, le Cheri d'Amon-Ra*, RAMSÈS *Aimé de Phtha-Dominateur-et-Roi-du-Monde, Dieu-Grand, Seigneur du Ciel, Vivificateur.*

Ce cartouche *prénom* SOLEIL GARDIEN DE LA RÉGION INFÉRIEURE APPROUVÉ PAR PHRÉ, démontre suffisamment que ces légendes royales, inscrites sur la frise et les montants de cette porte pour indiquer l'époque de sa construction en y traçant le nom et les titres du souverain régnant, se rapportent à Ramsès VI ou le Grand, chef de la XIXe dynastie. Aucun autre motif ne saurait expliquer la présence de ces légendes sur une porte qui fut celle d'une chambre sépulcrale ou de quelque autre monument funéraire, comme le prouvent deux bas-reliefs occupant presque toute la largeur inférieure des deux montants.

Ces tableaux, qui servent, pour ainsi dire, de

support aux deux colonnes perpendiculaires d'hiéroglyphes, représentent l'un et l'autre deux personnages agenouillés. La tête du personnage supérieur est nue et rasée; il tient dans sa main droite l'*emblème de la victoire* (1), et le bras gauche est élevé en signe d'adoration. Devant lui est tracée, en petits hiéroglyphes gravés en creux, peints en bleu céleste et disposés en cinq colonnes, la formule funéraire suivante : « *Nous supplions Amon-Ra Roi des Dieux, Seigneur du Ciel, Président de la Région supérieure, d'accorder la vie céleste et heureuse à son adorateur l'Athlophore du Roi des trente Régions* (2) *Pété-Nané-Rompé.* Immédiatement au-dessous est un second personnage peint en rouge comme le premier, mais couvert d'une coeffure bleue, d'une tunique blanche, et les deux bras élevés. Il est censé prononcer cette prière exprimée, comme la précédente, en hiéroglyphes sculptés en creux : « *Nous supplions Amon-Ra, Roi des Dieux, Seigneur du Ciel, Président de la Région supérieure,* **CNK-ΘΟ** (3), *ainsi que la déesse*

---

(1) V. mon *Panthéon Égyptien*, pl. n° 6, et son explication.

(2) Je rends par *Athlophore* un titre sacerdotal dans lequel l'image de l'*emblème de la victoire* est le signe dominant. J'ignore, du reste, si la qualification *roi des* 30 *régions* se rapporte à un dieu ou à un Pharaon.

(3) Le sens du mot **CNK**, qui est ici un nom d'agent, m'est encore inconnu. Le mot **ΘΟ** signifie *le monde.*

Hathôr, Dominatrice suprême, Rectrice bienfaisante de la Région inférieure, d'accorder la vie céleste et heureuse à leur adorateur Noufré-Ftep. Le sculpteur a reproduit les deux mêmes personnages sur le montant de gauche, adressant des prières semblables au dieu *Phtha*, également nommé dans la légende royale de Ramsès le Grand, gravée au-dessus de ces bas-reliefs funéraires.

Les caractères hiéroglyphiques exprimant ces divers actes d'adoration, quoique sculptés avec une admirable franchise, ne peuvent être comparés, pour la beauté du travail, avec ceux qui composent les légendes royales inscrites sur les portions supérieures de la même porte. Ceux-ci, d'un dessin très-pur, sont d'un style tout-à-fait grandiose; chacun d'eux est peint des couleurs soit naturelles, soit de convention, propres à l'objet matériel qu'il représente. Le *disque*, signe de l'idée PH, *Soleil*, par exemple, est peint en rouge : l'*Abeille*, symbole du *Peuple obéissant* (Λαὸς πειθήνιος), a les ailes jaunes et striées en rouge avec les nervures bleues : son corselet bleu est entouré d'un filet rouge; l'abdomen est partagé en anneaux alternativement blancs et bleus, divisés par des filets rouges. L'espèce d'*oie* d'Égypte, nommée *Chénalopex* dans le texte d'Horapollon, et qui est le signe principal du groupe *Fils du Soleil*, a été coloriée avec une recherche extrême. Le bec est jaune et le tour de l'œil rouge; la partie antérieure du col est blanche et la partie postérieure bleue; les plumes des ailes indiquées en noir avec beaucoup de soin, sont peintes en bleu, en jaune et en rouge; enfin les pattes ont été couvertes d'une couleur bleue foncée. Les caractères *figuratifs* représentant, dans ces légendes, les dieux *Ammon*, *Phré* et *Phtha*, offrent des détails de couleur plus délicats encore. Mais, sans m'arrêter à les décrire, je dirai seulement que cette porte peut, à elle seule, donner une idée complète du parti ingénieux que les Égyptiens surent tirer de leur principal système d'écriture, en l'appliquant à la décoration et à l'ornement de leurs édifices. De telles inscriptions, et les temples de l'Égypte en sont couverts, formées de signes animés, si l'on peut s'exprimer ainsi, par le brillant éclat des couleurs les plus vives, flattaient l'œil du spectateur en même temps qu'elles parlaient fortement à son esprit.

Les belles proportions de cette porte, et l'exécution de ses légendes hiéroglyphiques, tout-à-fait dignes de l'époque dont elles nous rappellent le souvenir, confirment le témoignage des historiens qui semblent nous donner le règne de Sésostris (Ramsès VI) comme le grand siècle des arts en Égypte. Les immenses travaux que ce conquérant ordonna dans toute la vallée du Nil, durent nécessairement contribuer au développement de l'architecture et de la sculpture, et les édifices que son fils et successeur, Ramsès VII, entreprit ou termina pendant les 60 années et plus de son gouvernement, ne purent que favoriser aussi les progrès de tous les arts d'imitation.

Je retrouve la légende royale de ce fils de Ramsès le Grand, gravée en hiéroglyphes sculptés en creux, mais sans couleurs, sur l'épaisseur intérieure des montants de la porte de sycomore que je viens de décrire. Les *fac-simile* des cartouches prénoms ou noms propres, copiés dans les différentes portions du palais de Karnac par notre savant architecte M. Huyot, m'avaient déja prouvé que cette légende, placée à la suite de celle de Ramsès VI (le Grand), ne pouvait appartenir qu'à Ramsès VII, deuxième roi de la XIXe dynastie, fils et successeur du célèbre conquérant. C'est donc sans surprise que je la retrouve encore sur un monument qui porte en première ligne la légende royale de Sésostris. On y a gravé deux fois l'inscription suivante :

Le Roi du Peuple obéissant, Seigneur du Monde, SOLEIL GARDIEN DE LA RÉGION INFÉRIEURE APPROUVÉ PAR AMMON, le Fils du Soleil, le *Dominateur des Contrées, le Chéri d'Ammon,* RAMSÈS, *Président de la Région inférieure, semblable à Phré pour toujours.*

Telle est la légende royale du septième des *Ram-*

sès, que Manéthon appelle aussi *Ramsès* ou *Rampsès*, et dont il est parlé dans les écrits d'Hérodote et de Diodore de Sicile, sous les noms divers de *Phéron* et de *Sésoosis* II. Il est important de remarquer que le prénom de ce Pharaon est suffisamment différencié du prénom de son prédécesseur Ramsès VI par le titre *Approuvé d'Ammon*, le premier étant toujours terminé par le titre *Approuvé par Phré* (le dieu Soleil). Les cartouches noms propres de ces deux princes ne sauraient non plus être confondus : l'un (pl. IV, n° 8 *b*) contient le nom de *Ramsès*, lié au seul titre *Chéri d'Ammon* ⲁⲙⲛⲙⲁⲓ, et l'autre (pl. IV, n° 10 *b*) renferme de plus la qualification de *Président* ou *Modérateur de la Région Inférieure*. Je dirai aussi que ce dernier titre, exprimé dans les légendes de la porte de sycomore, comme au palais de Karnac, par le *sceptre recourbé* et *la feuille de plante*, symbole de *Saté* (1), occupe différentes places dans la légende royale de Ramsès VII, et y est quelquefois rendu par des caractères différents. Il m'a paru nécessaire d'indiquer ici toutes ces variations, dans l'intérêt même des recherches historiques ; car l'on pourrait, faute de connaître cet emploi de signes synonymes ou homophones, si

(1) Voir le *Panthéon Égyptien*, planche n° 7 *a* et son explication.

fréquent dans les textes hiéroglyphiques, attribuer à plusieurs rois des monuments qui, en réalité, se rapportent à un seul et même prince.

Je trouve, par exemple, dans le Musée de Turin, une belle inscription hiéroglyphique contenant deux variantes très-notables, l'une dans le *prénom* et l'autre dans le nom propre de Ramsès VII. Cette légende est sculptée sur une statue colossale monolithe de granit noir à taches blanches, ayant huit pieds de hauteur et représentant la déesse gardienne de l'Égypte, à tête de lion, et assise sur un trône dont la partie antérieure présente l'inscription suivante, relative au Pharaon Ramsès VII, sous le règne duquel le colosse a été exécuté, ou tout au moins placé devant un des temples de Thèbes :

« *Le Dieu vivant et gracieux, fils d'Ammon, enfanté par Mouth* (la mère) *Dame suprême* (Néith), *Roi du Peuple obéissant, Seigneur des Mondes*, SOLEIL GARDIEN DE LA RÉGION INFÉRIEURE APPROUVÉ PAR AMMON, *l'Enfant du Soleil, le Dominateur des Contrées, le Directeur de la Région Inférieure, le Chéri d'Ammon* RAMSÈS.

Dans le titre *Approuvé d'Ammon*, partie essentielle du cartouche *prénom* dans lequel il est compris, le nom du dieu est rendu par le caractère *figuratif* d'Ammon lui-même (1), mis à la place

(1) Précis du système hiéroglyphique, Tableau général, n° 67.

des trois *signes phonétiques* (AUN) (1) exprimant ce même nom divin dans les légendes de la porte de sycomore; de plus la *ligne brisée* qui termine ce titre est remplacée par son *homophone*, la partie inférieure du pschent.

Le cartouche nom propre offre, dans l'inscription de la statue léontocéphale, une variante tout aussi remarquable; c'est l'image même (2) de la déesse de la région inférieure, Saté, mise à la place de *la feuille* son symbole, que présentent seulement les légendes de la porte antique dans l'expression du titre *Président de la Région Inférieure.*

L'emploi de cette *feuille de plante*, comme synonyme du caractère figuratif *Saté*, est très-ordinaire dans les textes hiéroglyphiques; et pour peu que l'on compare les divers protocoles royaux en *écriture hiératique* cités jusqu'ici, avec leurs transcriptions en hiéroglyphes, que j'ai cru indispensable de mettre à leur suite et qui sont au fond les légendes royales de ces mêmes souverains, copiées aussi sur les monuments originaux, on s'apercevra que, partout où une transcription hiéroglyphique porte une image de *Saté*, le texte hiératique contient seulement une indication gros-

(1) Précis du système hiéroglyphique, Tabl. général, n° 39.

(2) *Idem*, n° 79.

sière de la *feuille de plante*, symbole de la déesse et qui en orne la tête dans le caractère figuratif.

Une abréviation pareille se trouve, et il était naturel de s'y attendre, dans la légende royale *hiératique* de ce même Pharaon Ramsès VII (pl. XII, n° 17), que j'ai reconnue sur des fragments d'un papyrus en écriture sacerdotale appartenant au Musée de Turin. L'indication de l'année du règne de Ramsès VII, que portait ce papyrus, a disparu entièrement; ce qui reste de la légende royale n'est que l'exacte transcription hiératique de ses légendes hiéroglyphiques : *Le Roi*, etc. SOLEIL GARDIEN DE LA RÉGION INFÉRIEURE APPROUVÉ PAR AMMON, le *Fils du Soleil*, RAMSÈS, *Président de la Région Inférieure*, *Chéri d'Ammon*. Quelques passages du même papyrus portent ⲙⲁⲓⲁⲙⲏ *Ami d'Ammon* au lieu de ⲁⲙⲛⲙⲁⲓ *Chéri d'Ammon*, vers la fin du cartouche nom propre (pl. XIII, n° 17 *a*).

Les différents extraits de l'histoire d'Égypte écrite par Manéthon, s'accordent à donner pour successeur au fils du grand Sésostris, c'est-à-dire à Ramsès VII, et pour troisième roi de la XIXe dynastie, un prince appelé Ἀμμενέφθης *Amméneph-thès* ou Ἀμενέφθης *Aménephthès*, nom dans lequel on ne peut méconnaître la transcription grecque du nom égyptien *Améneftep* ou *Aménoftep*, si souvent répété dans les textes hiéroglyphiques, et que porta aussi le chef de la XVIIIe dynastie. Le Musée de Turin possède plusieurs scarabées sur lesquels ce même nom est gravé comme nom propre royal, puisqu'il s'y montre environné d'un cartouche; mais n'offrant aucune sorte de *prénom*, il est impossible de décider si ces amulettes se rapportent au roi *Aménoftep* de la XVIIIe dynastie, ou bien à l'*Aménoftep* de la XIXe. J'étais, jusqu'à un certain point, dans une incertitude pareille relativement à plusieurs débris de manuscrits *hiératiques* appartenant à la même collection, et sur lesquels je reconnaissais aussi le même nom propre royal : cependant comme ces fragments étaient entremêlés dans des restes d'autres papyrus dont tous les protocoles rappellent des rois de la XIXe dynastie, il me paraissait très-probable qu'il s'agissait ici de l'*Aménoftep*, troisième roi de cette même famille. Il ne me resta plus de doutes à cet égard, lorsque j'eus examiné un nouveau papyrus qui portait ce nom propre (pl. XIII, n° 18 *a*), et de plus *trois* prénoms royaux que je voyais pour la première fois.

Ce manuscrit hiératique, d'une assez grande étendue, est encore un registre public dans lequel sont relatées des recettes faites jour par jour, depuis le 3 de *Méchir* jusque vers la fin de l'année, au 26 de *Mésori*, par un certain *Mandoumès* ou *Mandoumosis* (Untoyuc *l'Enfant de Mandou*). Les cinq premiers mois manquent totalement, et quelques débris seulement contiennent les recettes du 3 au 16 et du 24 au 27 de Méchir; enfin une dernière lacune a fait disparaître toute la partie du registre relative au mois de *Phaménoth* depuis le 2 jusqu'au 21. La perte totale des premières pages de ce manuscrit nous laisse donc ignorer sous le règne de quel Pharaon il fut rédigé; mais comme je le trouvais aussi mêlé dans des pièces appartenant à la XIXe dynastie, je me crus d'abord autorisé par cela même à le rapporter à cette époque : l'examen attentif que j'en fis ensuite confirma cette première donnée.

Il est question en effet, dans un article daté du 25 Pharmouti, d'un certain *Natsi-Amoun*, *homme appartenant à la demeure du roi Ramsès-IV-Méiamoun*; un autre article, du 14 Mésori, parle *de la demeure de Ramsès VI* (le Grand), chef de la XIXe dynastie; son fils et successeur, *Ramsès VII*, est mentionné dans un troisième article, du 26 de Pachôn; enfin sous la date du 22 Paôni, on parle des prêtres du *Roi Seigneur du Monde* SOLEIL BIENFAISANT APPROUVÉ PAR PHRÉ. Il est de toute évidence que, les rois Ramsès IV, Ramsès VI et Ramsès VII étant nommés dans ce manuscrit, il est nécessairement *postérieur* au règne de ces princes, comme aussi, peut-être, à celui du roi qui porte pour prénom le titre *Soleil Bienfaisant*, Pharaon appelé encore Ramsès et dont les légendes hiéroglyphiques sont sculptées sur quelques colonnes de la grande salle hypostyle du palais de Karnac, à la suite des cartouches des deux premiers rois de la XIXe dynastie, sous le règne de laquelle on termina cet ouvrage immense. Et en effet, un *reçu* de la même main que le texte du manuscrit, tracé au verso du papyrus et offrant encore les débris d'une date du règne d'un neuvième *Ramsès*, dont le prénom royal exprime les idées SOLEIL PRÉSIDENT DE LA RÉGION INFÉRIEURE APPROUVÉ PAR AMMON (pl. IV, n° 14 *a*), démontre d'une manière assez claire que ce registre est également postérieur au règne du SOLEIL BIENFAISANT RAMSÈS (pl. IV, n° 12), mentionné dans l'article du 22 Paôni.

Mais une nouvelle circonstance vient encore augmenter la difficulté qui reste à vaincre pour rapporter ces différents *Ramsès* aux listes royales de Manéthon, et pour y marquer chronologiquement leur place : c'est une ligne en très-grosse écriture, tracée transversalement sur le *verso* du même registre et contenant un troisième prénom totalement nouveau, avec une indication d'année : Poune r̄ ncтн, etc., *troisième année du Roi* SOLEIL DU MONDE INFÉRIEUR APPROUVÉ PAR PHRÉ (pl XIII, n° 18).

Plusieurs registres du genre de celui dont il est ici question, portent au *verso* de semblables indications, véritables *titres* destinés à indiquer sous quel roi et dans quelle année de leur règne ont été rédigés les actes que ces rouleaux peuvent renfermer. Mais ces titres se trouvent au *commencement* des papyrus, ainsi que cela doit être naturellement, et non *à la fin*, comme il arrive dans le registre dont il s'agit ici.

Cette singularité réveillant mon attention, je m'aperçus bientôt que ce papyrus était *palimpseste*, et avait contenu dans quelques-unes de ses parties un *texte antérieur* à celui qu'elles portent aujourd'hui, et qu'on y a tracé jadis après avoir préalablement enlevé l'écriture primitive. Un assez grand nombre de manuscrits égyptiens de ce Musée offrent aussi des exemples d'une pareille économie, à laquelle on doit sans doute la perte de beaucoup de textes importants. Les pages du *nouveau* registre ayant été disposées en sens inverse des pages de l'*ancien* (comme le démontrent assez plusieurs portions de celles-ci, existant encore entre la dernière et l'antépénultienne page du texte secondaire), il dut nécessairement arriver que le *titre* du *nouveau registre* fut placé sur la fin de l'ancien texte, et que le titre de cet ancien registre se trouva, comme cela est en effet, à la fin du nouveau texte.

En tirant les déductions les plus simples de tous les faits que je viens de détailler, on conclut d'abord que le Pharaon dont le *prénom* renferme le titre SOLEIL PRÉSIDENT DE LA RÉGION INFÉRIEURE AP-

PROUVÉ PAR AMMON, auquel se rapportent les dates de règne du *registre secondaire*, vécut postérieurement aux rois Ramsès VI, Ramsès VII, *Aménoftep*, et un autre *Ramsès*, tous nommément rappelés dans ce même registre.

D'autres papyrus *hiératiques* du Musée de Turin nous font connaître le cartouche nom propre de ce Pharaon. Tel est surtout un fragment de registre de recettes dont voici le protocole (pl. XIV, n° 21): *L'an II, du mois d'Athyr le* 28, *sous la présidence divine du Roi du Peuple obéissant Seigneur du Monde* SOLEIL PRÉSIDENT DE LA RÉGION INFÉRIEURE APPROUVÉ PAR AMMON, *le Fils du Soleil Seigneur des Contrées* RAMSÈS, *Directeur de la Région Inférieure, toujours vivant, Aimé-d'Amon-Ra-Roi-des-Dieux.*

Le nom propre *Ramsès* porté par ce prince, nom qui, comme celui de *Thoutmosis*, appartint spécialement à la grande famille Diospolitaine issue d'*Aménoftep* Ier, et qui, liée par le sang à la XVIIe dynastie, forma la XVIIIe et la XIXe, ce nom propre, dis-je, ne permet point de placer ce nouveau *Ramsès* à une époque fort postérieure, ni dans une famille royale étrangère aux princes connus de la XIXe dynastie.

Le nombre des rois de cette dynastie fut de *six*, suivant les divers extraits comparés de l'historien Manéthon:

1 Σέθως-Ραμεσσῆς	le *Ramsès VI* ou *le Grand*	des monumens.
2 Ράμψης	Ramsès VII - Phéron	
3 Αμμενέφθης	Aménoftep II	
4 Ραμεσσῆς	Ramsès VIII	
5 Αμμενεμῆς	Ramsès IX Amenmé	
6 Θούωρις	Ramsès X	

Nous connaissons les légendes royales des deux premiers Pharaons de cette famille (pl. IV, n°s 8 et 10). Le nom propre du troisième (n° 11), Aménoftep (ⲁⲙⲛϥⲧⲡ), se lit aussi dans le registre. Nous trouvons également dans ce papyrus le prénom royal d'un autre *Ramsès*, SOLEIL BIENFAISANT APPROUVÉ PAR PHRÉ (n° 12); c'est nécessairement celui du *Ramsès* (Ραμεσσῆς) que Manéthon donne pour successeur à *Amménephthès*; donc l'autre *Ramsès*, le SOLEIL PRÉSIDENT DE LA RÉGION INFÉRIEURE APPROUVÉ PAR AMMON (n° 14), sous le règne duquel le registre a été écrit, doit être l'*Amménémès* ou bien le *Thouôris* de Manéthon.

Mais parmi les papyrus du Musée de Turin portant tous des dates de la XIXe dynastie, je trouve aussi les restes d'un registre d'une écriture très-négligée, et conservant toutefois la partie essentielle, la fin d'un protocole (pl. XIV, n° 20): L'an.... *Roi du Peuple obéissant Seigneur du Monde* SOLEIL ÉTABLI SUR L'UNIVERS... *le Fils du Soleil* RAMSÈS-AMENMÉ OU AMONMÉ. Ce mot ⲁⲙⲛⲙⲁⲓ ou ⲁⲙⲛⲙⲏ renfermé dans le cartouche nom propre de cette légende, lève toute incertitude et nous conduit naturellement à reconnaître dans ce nouveau *Ramsès* l'Αμμενεμῆς de Manéthon, c'est-à-dire le cinquième roi de la famille de Ramsès le grand (pl. IV, n°s 13 *a* et *b*). Le prénom SOLEIL PRÉSIDENT DE LA RÉGION INFÉRIEURE APPROUVÉ PAR AMMON (*idem*, n° 14) est donc celui du Thouôris de Manéthon, sixième roi de cette XIXe dynastie.

Quant au prénom SOLEIL DU MONDE INFÉRIEUR APPROUVÉ PAR PHRÉ, qui seul reste à déterminer parmi tous ceux que contient le registre hiératique, il ne peut être que le prénom royal de l'*Amménephthès* de Manéthon, dont le nom propre égyptien se lit aussi dans le même registre hiératique, les légendes royales de tous les autres princes de la XIXe dynastie étant complètement reconnues, et ce même prénom ne pouvant trouver place dans les dynasties antérieures.

Ainsi, Monsieur le duc, un seul papyrus nous conduit à fixer l'ordre successif des légendes royales d'une dynastie entière; et dans cette XIXe famille, telle que les manuscrits hiératiques et les monuments nous la donnent, les noms propres des rois sont tous semblables à ceux que porte le Canon de Manéthon, à l'exception d'un seul. *Séthôs-Ramsès*, premier roi de la XIXe dynastie selon le prêtre de Sébennytus, est bien le RAMSÈS VI des monuments; ses successeurs *Rampsès* et *Amméne-*

phthès sont le RAMSÈS VII et l'AMÉNOFTEP II des inscriptions hiéroglyphiques; le *Ramesès*, successeur d'Amménephthès, n'est autre que le RAMSÈS VIII des textes hiératiques, et l'*Amménémès* de Manéthon ne diffère point du *Ramsès-Amenmé* ou *Amonmai* de ces textes sacrés. Mais le dernier de ces rois, le *Thouôris* du même auteur, est appelé *Ramsès* dans les monuments originaux, comme la plupart de ses prédécesseurs. Il nous est impossible d'apprécier le motif qui porta Manéthon à mettre dans son livre le nom vulgaire de ce prince, à la place de son véritable nom monumental. Nous verrons bientôt aussi que ce même Thouôris, notre Ramsès X (1), est connu sous beaucoup d'autres noms différents dans l'histoire égyptienne écrite par les Grecs.

Des monuments de divers genres, autres que les papyrus déja cités, constatent d'autre part l'existence de plusieurs des Pharaons de la XIXe dynastie, que je viens de nommer. Beaucoup de scarabées offrent sans nul doute le *nom propre* d'*Aménoftep* II (pl. IV, n° 11 *b*), et il est très-probable que ses légendes royales sont sculptées sur quelques portions des monuments de Thèbes; mais comme aucun voyageur n'a fait jusqu'ici le recueil complet des cartouches des temples et des palais de l'Égypte,

---

(1) Je désignerai à l'avenir son prédécesseur Ramsès-Amménémès sous le nom de *Ramsès IX*.

travail facile cependant, et du plus pressant intérêt pour l'histoire, nous ignorons encore quels sont les édifices qu'il faut rapporter en tout ou en partie au règne de ce Pharaon, petit-fils de Ramsès le Grand, et qui gouverna l'Égypte pendant quarante années consécutives. C'est précisément sous son règne que, d'après la chronologie égyptienne, tombe un renouvellement du *cycle caniculaire* ou de la grande année divine, composée de 1461 années civiles (1). Ce même roi est désigné dans un manuscrit de Théon, sous le nom de *Ménophrès*, ce qui n'est, selon toute apparence, qu'une altération de *Ménophthès*, forme grecque de *Ménoftep* ou Aménoftep, son véritable nom égyptien.

La légende royale de son successeur immédiat, Ramsès VIII (pl. IV, n° 12), existe sur quelques-unes des grandes constructions de Thèbes et surtout au palais de Karnac. Je la trouve gravée, en effet, dans la Description de l'Égypte (2), mais incomplète sous plusieurs rapports. Il m'a été facile de la restituer avec une pleine certitude, d'abord par le moyen de la même légende en *écriture hiératique*, et mieux encore en découvrant dans une masse de débris de papyrus, un fragment sur lequel est tracé le prénom *hiéroglyphique* de ce même

(1) *Suprà*, première Lettre, pag. 100.

(2) Antiq. vol. III, pl. 69, n° 41 et 42.

roi : son cartouche se trouve sur un morceau de papyrus de trois pouces de hauteur, à côté d'une image de ce Pharaon représenté debout, coiffé du casque royal orné de l'uræus, et dans l'attitude d'offrir l'encens à une divinité, qui a disparu ainsi que toute la partie inférieure du corps de *Ramsès VIII*. Son cartouche nom propre manque également; mais le prénom intact est formé du caractère figuratif du dieu *Phré* (le Soleil), du *théorbe*, des *deux bras élevés* et du groupe ordinaire (1) exprimant l'idée *approuvé par le Soleil*, groupe incomplet dans le cartouche de la Description de l'Égypte, où l'on a omis le *disque*, une de ses parties principales. J'ai reconnu ce même *prénom* sur cinq ou six autres fragments de papyrus *hiératiques*. Le registre daté du règne de Ramsès X m'avait seul fourni le *prénom* de ce roi (Ramsès VIII) en écriture sacerdotale, lorsque je déroulai enfin une superbe pièce *hiératique* portant aussi son *nom propre*. Ce papyrus, complet à très-peu de chose près, renferme un compte très-détaillé d'objets reçus ou livrés par les prêtres de ce roi, dont la légende royale entière est conçue en ces termes : *Le Roi du Peuple obéissant* SOLEIL BIENFAISANT APPROUVÉ PAR PHRÉ, *Fils du Soleil* RAMSÈS *Bien-aimé*

(1) Précis du système hiéroglyphique, Tableau général, n° 399.

d'Ammon Dominateur dans la Région d'en haut (pl. XIII, n° 19). En comparant ce texte hiératique avec la même légende en style hiéroglyphique (même planche, n° 19 *b*), on voit que les deux prénoms sont l'exacte transcription l'un de l'autre, à la seule différence près que le texte *hiératique* remplace l'image du *Dieu Soleil à tête d'épervier, surmontée du disque*, employée dans le cartouche prénom hiéroglyphique (pl. IV, n° 12 *a*), par le signe simple de l'idée Pн (Soleil), *le disque*, parce que les caractères *figuratifs* n'entraient nullement dans l'essence de l'écriture sacerdotale.

La représentation du même dieu, exprimant la syllabe RA du nom propre *Ramsès*, est tout à fait méconnaissable dans le cartouche de la Description de l'Égypte (1). Je l'ai rendu à sa véritable forme dans mes planches, conformément au texte hiératique précité, guide infaillible, et que nous devons suivre avec une pleine confiance, puisque ce papyrus est un monument original qui remonte soit au règne même de Ramsès VIII, soit à une époque très-voisine, puisque son sacerdoce était encore en vigueur. Cette pièce ne porte aucune date précise. Le règne de ce Pharaon fut très-long, si l'on s'en rapporte à l'extrait actuel de Manéthon par Jules l'Africain : c'est le seul témoignage direct de

(1) Antiquités, vol. III, pl. 69, n° 42.

l'existence de ce prince que nous puissions trouver dans les anciens auteurs grecs.

L'histoire n'a conservé le souvenir d'aucun évènement remarquable du règne de *Ramsès IX* (l'*Amménémès* de Manéthon) (pl. IV, n° 13). Hérodote, qui est entré dans quelques détails sur les actions de plusieurs des anciens souverains de l'Égypte, parle seulement du premier et du second roi de la XIXe dynastie, Ramsès VI et Ramsès VII, qu'il nomme *Sésostris* et *Phéron*, mais ne fait aucune mention de leurs descendants Amménephthès, Ramsès VIII et Amménémès ou Ramsès IX; s'il nomme enfin le dernier roi de cette XIXe dynastie, le *Thouôris* de Manéthon, ce n'est qu'à propos du voyage d'Hélène et de Ménélas en Égypte, voyage sur lequel l'historien d'Halicarnasse s'étend avec complaisance, parce qu'il savait combien un pareil récit pouvait intéresser vivement les lecteurs de son temps. Mais l'histoire, dont cet écrivain semble oublier parfois toute la gravité, ne saurait faire aucun profit de semblables traditions, bien propres sans doute à amuser l'imagination des Grecs, mais qui ne doivent pas pour cela trouver grace devant l'austère critique.

Manéthon, qui a donné au *Ramsès X* des monuments le nom de *Thouôris*, le range dans la famille des Ramsès et indique très-clairement son époque, en avertissant que ce Pharaon régnait sur l'Égypte au temps *de la prise de Troye*. Hérodote appelle ce même prince du nom grec Πρωτεὺς *Protée*, et suppose qu'il était *Memphite* (ἄνδρα Μεμφίτην), trompé sans doute par la magnificence des constructions qui, dans Memphis, portaient le nom de ce roi, et parmi lesquelles il a cité (1) un Téménos très-beau et parfaitement décoré, situé au midi de l'*Héphæstieum* ou grand-temple de *Phtha*, dieu éponyme de cette seconde capitale de l'Égypte. Dans le Téménos du roi Protée, se trouvait un Hiéron dédié à l'*Aphrodite étrangère* (Ξείνης Ἀφροδίτης *Veneris Hospitæ*), et que l'écrivain d'Halicarnasse suppose avoir été consacré à la Grecque Hélène, fille de Tyndare, parce que, ajoute-t-il, j'ai entendu dire qu'Hélène avait demeuré chez le roi *Protée*, et parce que ce temple est le seul de tous ceux d'Aphrodite où la déesse soit qualifiée de ΞΕΙΝΗ *Hospita*. Il appuie ensuite son raisonnement sur le récit que lui firent les prêtres égyptiens, du séjour d'Hélène en Égypte et du grand acte de justice du roi *Protée*, qui ôta Hélène des mains de son ravisseur pour la rendre à son époux légitime.

Je m'abstiens de décider jusqu'à quel point nous devons croire aux assertions des prêtres égyptiens sur une pareille matière : Hérodote semble toute-

(1) Livre II. § CXII.

fois se prévaloir de leur témoignage ; tout ce qu'ils racontent du roi d'Égypte *Protée* ne sort point en effet de la vraisemblance historique ; mais il n'en est pas ainsi du peu de lignes dans lesquelles Diodore de Sicile parle du même Pharaon, nommé, selon lui, en langue égyptienne ΚΕΤΗΣ (1), et Πρωτεὺς en langue grecque. Ce roi, suivant les traditions des Grecs qui, dit l'historien, sont d'accord avec celles des prêtres égyptiens, possédait à fond la science des vents, et avait le don de se transformer en toutes sortes d'animaux, en arbre et même en feu dévorant. Mais ces fables sur le souverain de l'Égypte contemporain de la prise de Troye, n'ont été évidemment inventées chez les Grecs qu'à propos du voyage de Ménélas en Égypte, raconté au 4e livre de l'Odyssée, voyage durant lequel l'Atride lutte avec le *Dieu marin Protée*, pasteur de Neptune, établi dans l'île de Pharos, où Ménélas obtint enfin de *Protée* des vents favorables. Diodore eût pu s'épargner la peine de chercher dans les détails du costume des anciens Pharaons, une explication peu naturelle des prétendues métamorphoses du roi *Protée*, qu'on aura, postérieurement à Homère, confondu sans raison avec un roi d'Égypte. L'inimitable poète n'est point

(1) Livre I, p. 62. Les manuscrits offrent les variantes Κετηνα, Κετνα et Κετινα.

tombé dans la même erreur ; il ne parle de *Protée* que comme d'un *immortel*, un dieu marin, *ministre de Neptune et qui connaissait toutes les profondeurs de la mer*,

Ἀθάνατος Πρωτεὺς Αἰγύπτιος, ὅστε θαλάσσης
Πάσης βένθεα οἶδε, Ποσειδάωνος ὑποδμώς (1).

Diodore a de plus déplacé le règne du pseudonyme *Protée* (Cétès, Thouôris ou Ramsès X), en le faisant vivre après le roi *Mendès* (le *Smendès* de Manéthon), et postérieurement à une première invasion des Éthiopiens. D'après l'historien de Sébennyte, le texte d'Hérodote, et même selon la mauvaise compilation de Georges le Syncelle, qui donne aussi au Ramsès X des monuments le nom de Θούωρις, ce prince a certainement vécu un petit nombre de générations après Ramsès VI ou le grand Sésostris.

Hérodote a indiqué les belles constructions de Memphis, qui, de son temps, rappelaient la mémoire de Ramsès X ou *Protée*. Les monuments de Thèbes portent encore sa légende royale hiéroglyphique. M. Huyot l'a copiée sur les petites colonnes de la salle hypostyle de Karnac et sur quelques autres points du palais. La Commission d'Égypte l'a également dessinée à Thèbes, mais sans désigner

(1) Odyssée, livre IV, vers 385, 386.

les édifices sur lesquels elle se montre. J'ai cité aussi quelques manuscrits hiératiques du Musée de Turin, dans lesquels ce même Pharaon est expressément nommé; il me reste enfin à parler d'une autre papyrus de la même collection, qui semble confirmer la courte durée que Manéthon donne au règne de son *Thouôris*, et prouver en même temps l'identité de ce personnage et de notre Ramsès X. C'est un reste de registre de recettes, de 3 à 4 pieds de longueur, et d'une grosse écriture très-négligée : le protocole manque, et aucune des pages soit du recto, soit du verso, car il est écrit des deux côtés, ne fournit d'indication précise sur le règne auquel il faut le rapporter. J'ai trouvé seulement à la fin de la première page et à la deuxième, un *résumé* suivi d'un total général de certaines recettes faites pendant les années I, II, III, IV, V et VI du règne du ROI SOLEIL PRÉSIDENT DE LA RÉGION INFÉRIEURE APPROUVÉ PAR AMMON (pl. XV, n° 22), ce qui est le prénom royal de Ramsès X (pl. IV, n° 14 *a*). Immédiatement après cette année VIe, commence un second résumé de recettes annuelles à partir encore d'un an Ier appartenant sans doute à un autre règne : s'il en est ainsi, comme tout semble l'établir, ce papyrus se montrerait d'accord avec les extraits de Manéthon, qui donnent seulement 7 années au règne du dernier roi de la XIXe dynastie, en observant toutefois que, dans ces extraits, on compte les années de Thouôris-Ramsès X à la manière égyptienne, en disant 7 années pour 6 ans effectifs et quelques mois, tandis que les registres de *comptabilité*, constatant des dépenses et des recettes faites jour par jour, ont dû au contraire ne porter régulièrement que la 6e année, par des raisons qu'il est facile d'apprécier sans les développer ici (1).

Tels sont, Monsieur le Duc, les divers genres de monuments qui m'ont paru constater l'existence et la succession des princes de la XIXe dynastie égyptienne : il en subsiste sans doute une assez grande quantité relatifs à la XXe; mais, dans l'état actuel des connaissances, nous manquons tout à fait d'un point de départ certain, soit pour reconnaître les légendes royales de ces Pharaons, soit pour reconstruire le tableau des règnes dont elle se composa. Une lacune considérable dans les extraits de Manéthon ne nous permet point en effet de rétablir la série de ces légendes royales, aussi complètement que nous avons tenté de le faire pour la XVIIIe et la XIXe dynastie.

L'extrait de Jules l'Africain porte seulement que la XXe dynastie se composa de 12 rois, dont la

---

(1) A la rigueur le texte de Manéthon, d'après Eusèbe, peut ne donner que 6 années de règne à ce roi, au lieu de la variante 7. Voir sur ce point la Notice Chronologique à la suite de cette Lettre.

somme totale des règnes s'élève à 135 ans. L'extrait d'Eusèbe est tout aussi bref que celui de l'Africain, avec lequel il s'accorde quant au nombre de rois; mais il attribue à leurs règnes réunis une durée de 178 ans (1). Ni l'un ni l'autre de ces chronologistes n'a pris la peine de transcrire les *noms propres* de ces 12 Pharaons, noms que l'égyptien Manéthon avait certainement consignés en tête du troisième volume de son histoire, lequel s'ouvrait par les annales de la XXe dynastie formée de rois *Diospolitains* comme les trois précédentes. Les 135 ou 178 années assignées à la domination de ces 12 princes, n'étant point en concordance avec la durée moyenne des règnes en Égypte, si l'on prend pour fondement de ce calcul les dynasties précédentes, on doit présumer que l'état politique de ce pays fut, à cette époque, dans une certaine agitation, puisqu'on vit passer sur le trône un si grand nombre de princes dans un aussi court espace de temps.

Les débris de l'histoire égyptienne, épars dans les écrits d'Hérodote et de Diodore, ne peuvent pleinement suppléer soit à la perte totale, soit à un extrait plus détaillé du livre de Manéthon, relatif à cette XXe dynastie.

L'historien d'Halicarnasse nous apprend toutefois que le successeur de *Protée* (Ramsès X de la XIXe

(1) Le texte arménien dit 172.

dynastie) s'appelait *Rhampsinitus*, et qu'il posséda une telle masse de richesses, qu'aucun des rois qui régnèrent après lui ne parvint à l'égaler sous ce rapport (1). Diodore dit aussi qu'après la mort de *Protée*, le trône passa à *Rhemphis* (2), prince dont la vie entière fut employée à l'accumulation de trésors immenses. Cet accord des deux auteurs établit, ce me semble, assez positivement que le premier roi de la XXe dynastie porta les noms de Ῥαμψίνιτος *Rhampsinitus* et de *Rhemphis* Ῥέμφις, ou plutôt Ῥέμψις *Rhempsis*; car nous trouvons aussi dans la liste des rois d'Égypte que Le Syncelle a composée, en bouleversant à sa manière l'ordre des dynasties de Manéthon, un roi Ῥάμψις *Rhampsis* donné comme successeur du roi Κῆρτος (3), qui doit être le Κέτης (*Protée*) de Diodore de Sicile.

Selon ce dernier, les descendants du roi *Rhempsis* tinrent sans honneur le sceptre de l'Égypte, et les livres sacrés ne conservaient la mémoire d'aucune action glorieuse ni d'aucune entreprise utile de la part de tels Pharaons, qui paraissent s'être seulement occupés à consommer dans la mollesse des voluptés, quarante myriades de talents entassés par *Rhempsis* I; ce chef de la XXe dynastie, est lui-même

(1) Hérodote, liv. II, § CXXI.

(2) Diodore, Biblioth., liv. I, chap. 62 et 63.

(3) Le Syncelle, *Chronograph.*, pag. 160, ed. reg.

taxé d'avarice par le même historien, et accusé de n'avoir rien fait ni pour les Dieux, ni pour les hommes. Mais Diodore se trompe en cela même; car Hérodote, beaucoup plus croyable en ceci, puisqu'il est plus ancien et surtout puisqu'il parle de ce qu'il a vu, assure que ce Pharaon laissa pour monument de son règne les propylées occidentaux du temple de *Phtha* (l'Héphæstium) à Memphis, et qu'il fit de plus ériger devant ces propylées deux colosses de 25 coudées de hauteur (1). Or, si les prêtres de la seconde capitale de l'Égypte ont dit à Hérodote que ces ouvrages étaient dus au roi *Rhampsinitus*, c'est qu'ils portaient effectivement sa légende en caractères sacrés.

Sous un autre point de vue, et celui-ci est d'une plus haute importance, les récits d'Hérodote méritent plus de confiance que ceux de Diodore; je veux parler de la succession chronologique des rois, adoptée par l'un et par l'autre de ces auteurs. Hérodote, d'accord avec Manéthon, place *Protée* (Ramsès X) à la suite de *Sésostris* (Ramsès VI) et de *Phéron* (Ramsès VII), tandis que Diodore met entre ces deux derniers Pharaons (qu'il appelle Sésoosis Ier et *Sésoosis II*), et le règne de *Protée*, un intervalle de temps tel, qu'il surpasse de beaucoup la durée des 4 générations que Manéthon a

(1) Hérodote, liv. II, § CXXI.

dû reconnaître seulement, et d'après les monuments historiques originaux, entre *Ramsès VI* (le grand Sésostris) et *Protée-Ramsès X.*

Diodore admet en effet entre ces deux princes:

1° Un *grand nombre de règnes*, et après *plusieurs générations* (πολλαῖς γενεαῖς), dit-il, un tyran nommé Ἄμασις ou Ἄμμωσις;

2° Une *invasion des Éthiopiens* sous la conduite d'*Actisanès* (ΑΚΤΙΣΑΝΗΣ) qui, de concert avec les Égyptiens, renverse *Ammôsis* du trône et l'occupe jusqu'à sa mort;

3° Le règne entier du roi *Mendès* intronisé par les Égyptiens secouant le joug des Éthiopiens;

4° Enfin une *anarchie de cinq générations* (γενεὰς πέντε), qui se termine par le couronnement du roi *Protée*.

Mais la durée et l'ordre même de ces évènements divers sont en opposition complète avec l'histoire égyptienne écrite par un Égyptien même, c'est-à-dire avec tous les extraits de Manéthon, que l'on doit sans difficulté préférer à tout autre document; et si nous faisons remarquer aussi que le roi *Mendès* qui, d'après Diodore, commence une dynastie égyptienne, puisqu'il succède à une *invasion étrangère*, n'est autre que le *Smendès* Σμένδης de Manéthon, le chef même de la XXIe dynastie, on admettra nécessairement de deux choses l'une, ou que Diodore a interverti la succession véritable des règnes et des faits, ou, si l'on veut, que ce désordre provient des copistes, induits en erreur par la répétition des formules Τοῦ δὲ βασιλέως τούτου τελευτήσαντος, et Μετὰ δὲ τοῦτον τὸν βασιλέα, si fréquentes dans cette partie du texte original de l'auteur grec.

Quoi qu'il en soit, le premier livre de Diodore n'en est pas moins précieux, puisque, en rétablissant toutefois l'ordre des évènements, il semble pouvoir nous donner quelque lumière relativement à l'état de l'Égypte sous la XXe dynastie.

En reportant en effet *Protée* (Ramsès X) à sa véritable place, c'est-à-dire à un petit nombre de générations après *Sésoosis II* (Ramsès VII), nous trouverons le chef de la XXe dynastie dans le successeur même de Protée dernier roi de la XIXe, *Remphis* ou *Rempsis* le Rampsinite d'Hérodote, Pharaon dont les descendants, les autres rois de XXe dynastie, ne firent rien de mémorable : on pourra placer du temps même de ces rois fainéants la *période d'anarchie* dont parle Diodore; cette XXe dynastie se terminerait par la tyrannie d'*Amôsis* et l'*invasion des Éthiopiens*, s'il est vrai que cette conquête de l'Égypte par les Éthiopiens ne soit point, comme certains détails m'induiraient à le croire, le récit de l'invasion de *Sabbacon*, dont Diodore parle aussi dans la suite de son histoire, récit donné avec un autre nom et porté à une époque antérieure. Enfin le roi *Mendès*, succédant à l'anarchie et à l'invasion éthiopienne, serait alors à sa véritable place, à celle que Manéthon et les monuments lui ont invariablement marquée comme chef de la XXIe dynastie.

Il est très-vrai qu'en accordant ainsi les récits de Diodore avec le Canon de l'historien de Sébennyte, il ne reste plus de place pour les règnes de *Chembès* Χέμβης, de son frère *Cephren* Κεφρὴν, et de son neveu *Mycerinus*, Μεχερίνος ou Μυκερῖνος, rois que l'écrivain sicilien donne comme les 8e, 9e et 10e successeurs de *Rampsis*, et auxquels il attribue la construction des trois principales pyramides de Memphis. Mais ici les extraits de Manéthon viennent encore à notre secours, en établissant unanimement que ces ouvrages immenses ont été exécutés bien long-temps avant l'époque par trop rapprochée dans laquelle Diodore voudrait les placer. Manéthon, d'accord sans aucun doute, je le repète, avec les traditions écrites, conservées dans les temples de l'Égypte; Manéthon qui a pu lire et comprendre les nombreuses inscriptions gravées en caractères sacrés sur ces gigantesques édifices, puisque ces mêmes inscriptions paraissent avoir existé jusques au XIIe siècle de notre ère (1), attribue nommément la construction de la grande pyramide de Memphis,

(1) Voy. *Abd-allatif* traduit par M. Silvestre de Sacy.

au Pharaon Souphis (ΣΟΥΦΙΣ) de la IVe dynastie, prédécesseur de *Souphis* II et de *Mencherès* MENΧΕΡΗΣ; ces rois sont le ΣΑΩΦΙΣ, le ΣΕΝ-ΣΑΩΦΙΣ et le ΜΟΣΧΕΡΙΣ du catalogue d'Eratosthène.

L'opinion du prêtre égyptien est d'ailleurs pour ainsi dire démontrée par la nature même et la destination véritable de ces monuments. Les pyramides furent des tombeaux de Rois, et puisque ces constructions existent dans les environs de *Memphis*, c'est que les princes qui les firent élever, appartenaient à une dynastie *Memphite*. C'est ainsi que tous les rois *Saïtes* avaient leurs tombeaux à *Saïs*, et que les magnifiques catacombes royales de la vallée de Biban-el-Molouk à Thèbes ou la grande *Diospolis*, ont été creusées, comme leurs légendes le prouvent invariablement, pour recéler les corps des Pharaons des dynasties *Diospolitaines*. Or, les divers extraits de Manéthon s'accordent à n'admettre que trois dynasties de *Memphites*, et toutes antérieures à l'invasion des Hyk-Schôs. Ce sont la IIIe, la IVe dans laquelle se trouvent en effet les rois *Souphis* Ier, *Souphis* II et *Mancherès*, enfin la VIe où se trouve aussi la fameuse ΝΙΤΩΚΡΙΣ, *Nitocris*, reine qui, selon Manéthon, fit aussi ériger celle des pyramides de *Memphis* qui est la troisième en grandeur comme en ancienneté (1).

(1) Georges le Syncelle, Chronograph., pag. 58, ed. reg.

Nous devons donc, Monsieur le Duc, considérer les célèbres pyramides de Memphis, comme les plus antiques monuments de l'Égypte entière, ce que semblait dire déja l'absence totale de sculptures et d'inscriptions sur les parois de leurs chambres ou couloirs intérieurs, et principalement sur les sarcophages qu'elles renferment; et quant à celles qui décoraient le revêtement extérieur de ces masses, rien ne nous garantit qu'elles ne fussent pas d'un temps postérieur. Ces immenses édifices sont très-antérieurs à la XXe dynastie *Diospolitaine*, c'est-à-dire au XIIIe siècle avant notre ère, époque vers laquelle on devrait les placer si l'on voulait suivre la chronologie d'Hérodote ou celle de Diodore de Sicile. Mais ce dernier auteur doutait beaucoup, et avec raison, de l'opinion qu'il a lui-même énoncée à cet égard. Il avoue, en effet, n'avoir trouvé d'accord sur l'époque et les constructeurs des pyramides ni les Égyptiens eux-mêmes, ni les auteurs qu'il a pu consulter (1). Il était naturel que vers le siècle d'Auguste, des habitants de l'Égypte questionnés par Diodore de Sicile, n'eussent pas des idées très-claires sur l'origine d'ouvrages qui remontaient aux premiers temps de la vieille monarchie; mais sous les premiers Lagides il ne pouvait en être ainsi de

(1) Περὶ δὲ τῶν Πυραμίδων οὐδὲν ὅλως οὐδὲ παρὰ τοῖς ἐγχωρίοις οὔτε παρὰ τοῖς συγγραφεῦσι συμφωνεῖται. Diodore liv. I, § 64.

Manéthon, historien, homme instruit et en état de consulter à ce sujet et les livres anciens et les archives des temples. Au reste, il me parait certain qu'Hérodote et Diodore ont nommé les véritables auteurs des pyramides, et qu'ils ont erré seulement sur l'époque même de la construction. Les rois ΧΕΩΨ, ΧΕΦΡΗΝ et ΜΥΚΗΡΙΝΟΣ du premier, le ΧΕΜΒΗΣ, le ΚΕΦΡΗΝ ou ΧΑΒΡΥΙΣ et le ΜΥΚΕΡΙΝΟΣ du second, ne peuvent être en effet que les Pharaons ΣΟΫΦΙΣ Ier, ΣΟΫΦΙΣ IIe et ΜΕΝΧΈΡΗΣ de Manéthon, c'est-à-dire les 2e, 3e et 4e princes de la IVe dynastie *Memphite*; et il est très-digne de remarque sans doute que Diodore donne très-expressément au constructeur de la grande pyramide ΧΕΜΒΗΣ, la qualification de *Memphite*: ΧΈΜΒΗΣ Ὁ ΜΕΜΦΊΤΗΣ (1).

Des monuments d'une moindre importance que les pyramides peuvent donc seuls, Monsieur le Duc, conserver quelques traces de l'existence et des travaux de la XXe dynastie dite *Diospolitaine*. Mais à moins que d'étudier sur les lieux mêmes les grands édifices de l'Égypte, ou de retrouver une table généalogique des rois de cette famille, semblable à la table d'Abydos, il sera impossible et de réunir les légendes royales hiéroglyphiques de ces Pharaons,

(1) Diodore de Sicile, liv. I, § 63.

et surtout de les ranger dans leur véritable ordre de succession. Aucun auteur grec ou latin ne nous ayant transmis la série des noms propres de ces princes, il ne nous reste aucun moyen sûr de les discerner dans les inscriptions des monuments originaux. Je me trouve donc par cela même réduit à ne vous présenter à cet égard que de simples conjectures.

Les sept légendes royales hiéroglyphiques gravées sur ma planche V (n°s 15, 18, 19, 20, 21, 22, 23), me paraissent avoir appartenu à la XXe dynastie, soit par l'analogie du travail des monuments qui les portent, avec celui des sculptures qui remontent à la XIXe, soit aussi *parceque les noms propres qu'elles offrent n'ont aucune ressemblance avec ceux que Manéthon donne aux princes de toutes les autres dynasties postérieures, depuis et y compris la* XXIe.

Le prénom (pl. V, n° 15), existe sur un bel *autel* égyptien du musée de Turin, formé d'un bloc de granit noir de quatre pieds de hauteur. Toute la surface de cet autel est couverte d'inscriptions hiéroglyphiques, sculptées en creux, d'un très-beau travail et partagées en cinq bandes perpendiculaires dont chacune renferme de dix-huit à vingt lignes horizontales de caractères. Vers le haut de la première de ces divisions, est figurée la *Bari*, ou barque symbolique du dieu *Phtha-Socri*, reconnaissable à sa proue ornée d'une tête de bouc ou de chèvre sauvage : au-dessous de ce tableau et devant une image de *Phtha*, représenté en pied, tel que je l'ai donné dans mon Panthéon (1), se voit la *dédicace de l'autel* faite à cette grande divinité par un Pharaon qui s'intitule *le Dieu bienfaisant* AIMÉ DU SOLEIL, *approuvé par Neith gardienne*, *vivificateur et chéri de Phtha*, *Dominateur de la Région suprême*. Ce même *prenom* royal, formé seulement des mots PH-ҨAI *Aimé du Soleil*, a été retrouvé dans les inscriptions hiéroglyphiques du mont Sinaï, ainsi que le cartouche nom propre gravé sur la même planche (n° 16), et qui paraîtrait devoir se lire *Sénoufra* ou *Sénoufrô*, si l'esquisse que j'ai sous les yeux est exacte, mais j'ignore s'il est réellement lié au prénom PH-ҨAI, ou bien à un second prénom royal (pl. V, n° 17), copié dans le même lieu, mais dont les formes sont malheureusement très-indécises.

Les seconde, troisième et quatrième divisions perpendiculaires de l'autel de granit renferment environ soixante-quatre lignes de caractères sacrés offrant successivement les noms de toutes les divinités *Synthrônes* du dieu *Phtha*, adorées dans le même temple, et auxquelles l'autel est aussi dédié.

(1) 2e livraison pl. 8.

Les noms de ces dieux et de ces déesses sont presque tous suivis de titres particuliers à chacun des personnages divins qu'ils expriment, titres qui, pour la plupart, se rapportent aux différentes *Régions célestes* auxquelles ces êtres mythiques étaient censés présider. C'est dire assez combien ce monument devient précieux pour éclaircir le système théogonique de l'ancienne Égypte, si compliqué et si peu connu. Les principales divinités nommées dans cette longue série, sont le dieu *Kaï*, le *Mars* et l'*Hercule* égyptien; la déesse *Tafné*, sœur de ce dernier; *Sèb* (Saturne) et *Netphé* (Rhéa) sa femme; *Osiris, Isis* et *Nephthys* leurs enfants; *Phrè* (le soleil); la déesse *Rompé* (l'année); *Thôout* Ibiocèphale (le 2e Hermès); les dieux *Sovk, Hnoum* (Chnoumis), *Anebô* (Anubis), *Horus, Mandou*, le taureau d'Ammon, et les déesses *Athyr* (Vénus), *Bouto* (Latone ou la nuit), enfin *Svan* ou *Souan* (Ilithyia).

La dernière subdivision de cet autel présente un intérêt d'un autre genre: partagée en vingt-huit lignes rangées sur deux colonnes, elle contient la série détaillée des offrandes présentées au temple en même temps que *l'autel* qui s'y trouve en effet exprimé *figurativement*. Ces offrandes consistent en ustensiles et instruments nécessaires au culte des dieux, en vases à libations, et surtout en *vins* dont six espèces sont successivement dénommées. Deux de ces sortes de vins sont celles de la *Région d'en haut* et de la *Région d'en bas*; une troisième est exprimée par le mot ΗΡΠ ERP (VIN) écrit phonétiquement et suivi d'un *Ibis perché sur un gros poisson qu'il béquette*: les mêmes groupes se voient aussi dans les légendes du grand bas-relief d'Eléthya, près de la scène qui représente les vendanges et la fabrication du vin.

C'est également sur la partie supérieure d'un énorme autel de granit noir, appartenant aussi au musée de Turin, monument de forme arrondie et n'ayant pas moins de 3 pieds de diamêtre, que se montre le *prénom royal* (pl. V, n° 18 a.), exprimant les idées SOLEIL APPROUVÉ PAR HERCULE, plus quelques titres relatifs au dieu. La franchise du travail des inscriptions qui décorent le pourtour de cet autel, et plus encore la présence de ce même *prénom royal* sur un édifice isolé dans l'enceinte du palais de Karnac, ainsi que sur une porte de ce même palais, me font supposer que ce roi a pu appartenir à la XXe dynastie diospolitaine. Je retrouve aussi dans le musée de Turin, une magnifique figurine funéraire, en terre fine ou porcelaine égyptienne, recouverte d'un émail du bleu céleste le plus éclatant, et dont le visage et les inscriptions contenant une prière en faveur du Pharaon défunt, sont rendus avec une délicatesse si parfaite, qu'un tel ouvrage ne peut avoir été exécuté que dans le meilleur temps de l'art en Égypte, sous la XIXe dynastie ou dans l'un des premiers siècles qui l'ont suivie. Cette figurine, la plus belle de ce genre que j'aie encore vue, nous donne à la fois et le *prénom* et le nom propre (pl. V, n° 18 a et b); ce dernier que précède le titre *chéri d'Hercule*, ou qui se combine avec cette même qualification, me semble pouvoir être lû *Athôout*, ou bien *Arthôout* en prenant *l'épervier* dans le sens le plus ordinaire, c'est à-dire, comme représentant par abréviation les syllabes AR ou OR, nom égyptien du dieu *Horus*. La prononciation du dernier caractère, le signe de la panégyrie, ne présente aucune difficulté.

Ce second autel égyptien du musée de Turin, n'est pas moins important que le premier, pour l'avancement des études archéologiques : il a été dédié par ce même Pharaon, comme le démontrent quatre petits bas-reliefs sculptés sur sa circonférence, représentant un personnage offrant l'encens et dont la coiffure est ornée de *l'Uræus* ou serpent royal, l'insigne habituel des souverains de l'Égypte. Au-dessus de la tête du Roi est inscrite la légende suivante *le Dieu bienfaisant seigneur du monde, le chéri d'Hercule* ARTHÔOUT *semblable au soleil*. Devant ce prince et marchant dans la même direction que lui, est un second personnage de moindre taille, versant un liquide qui s'échappe d'un vase et qui tombe sur un autel. Le rang et l'action de cet individu se trouvent parfaitement dénotés par la légende qui le surmonte : elle signifie : *le prêtre faisant une libation*. Le Pharaon et le prêtre font face à plus de soixante petites images de *divinités* ou d'*animaux sacrés*, rangées en une même ligne sur le pourtour de l'autel, et isolées l'une de l'autre par un encadrement particulier renfermant le nom de chacune de ces divinités, écrit perpendiculairement au-dessus de leur tête. Ces mêmes divinités sont groupées en quatre séries, séparées par quatre bas-reliefs semblables en tout à celui qu'on vient de décrire; mais le principal mérite de ce monument consiste sans contredit, en ce qu'il contient, comme j'ai pu facilement m'en convaincre, *les noms hiéroglyphiques des villes de l'Égypte* dans lesquelles chacune de ces nombreuses divinités fut honorée d'un culte spécial. J'y retrouve en effet, au milieu d'une foule d'autres, les noms sacrés de *Thèbes*, de *Memphis*, d'*Hermopolis magna*, d'*Ombos*, d'*Aphroditopolis*, de *Philæ*, etc., que je connaissais déja par l'étude d'autres inscriptions et textes hiéroglyphiques.

Les objets d'art de petit volume contenant la légende royale de ce Pharaon *chéri d'Hercule*, ne sont point rares dans les collections de l'Europe; je me dispense de les énumérer, mais je citerai trois monuments très-remarquables, soit par leur matière, soit par leurs grandes proportions, existants tous trois dans le Musée Britannique. Les deux premiers sont deux obélisques en basalte noir ayant environ sept à huit pieds de hauteur et de l'exécution la plus pure et la plus précieuse. Ces monolithes avaient été érigés devant un temple consacré au second Hermès, Thoth-Ibiocéphale. Les légendes hiéroglyphiques gravées sur les quatre faces de cet obélisque disent en effet que *le roi du peuple obéissant Seigneur du Monde*, SOLEIL APPROUVÉ PAR HERCULE etc. *le fils du Soleil aimé d'Hercule*, ARTHÔOUT, *vivant*, *semblable au soleil* a fait exécuter le monument en l'honneur de *lui Thôth deux fois grand*, *Seigneur-de-Schmoun Seigneur-Dieu-Grand*, et qu'*il a érigé l'obélisque dans la demeure du dieu.*

Le troisième monument remarquable de ce règne et que la capitulation d'Alexandrie a mis aussi en la possession de l'Angleterre, est précisément le sarcophage dans lequel fut jadis renfermé le corps du Pharaon *Arthôout* lui-même. Sa légende hiéroglyphique se lit sur toutes les parties de ce beau sarcophage, mais le nom de ce *roi défunt* est constamment précédé, selon l'usage, de la formule funéraire, *Osiris-Roi* ou *l'Osirien Roi*, à la place des titres *fils du Soleil* et *roi du peuple obéissant Seigneur du Monde*, qui se donnent aux souverains vivants. Ce magnifique monument, qu'on veut bien regarder en Angleterre comme la tombe *d'Alexandre le Grand*, est plus connu en France et dans les relations des voyageurs modernes, sous le nom de *sarcophage*, *cuve* ou *bassin* de la mosquée de Saint-Athanase à Alexandrie.

Les légendes royales plus ou moins complètes que, sous les n° 19 à 23 de la pl. V, j'ai provisoirement rangées dans la XXe dynastie, n'ont point toutes été copiées sur les monuments originaux du musée de Turin. J'ai tiré la légende n° 21 de la *Description de l'Egypte*, dont les auteurs disent simplement l'avoir dessinée d'après les édifices de Thèbes. Ce prénom signifierait SOLEIL PROTECTEUR DU MONDE APPROUVÉ PAP PHRÉ, si la copie est minutieusement exacte. Le n° 22 est aussi gravé dans le même ouvrage; M. Huyot l'a également dessiné sur les lieux, à Thèbes, dans la cour du palais de Karnac, où cette légende se montre sur des constructions d'un beau style. Je cite en particulier ce prénom royal (n° 22 *a*), parce qu'il diffère très-essentiellement de tous les autres *prénoms* royaux, en ce que le Pharaon, au lieu de se comparer au *Soleil*, comme tous ses prédécesseurs et successeurs, y prend le simple titre de GRAND PRÊTRE D'AMMON. Le nom-propre de ce Pontife-Roi (n° 22 *b*) est *Amensé-Pé-Hôr* (ⲁⲙⲛⲥⲉ ⲡⲉϩⲱⲣ), si le dernier signe est bien réellement un *épervier*. Mais il ne peut naître de pareilles incertitudes sur les légendes royales numérotées 19, 20 et 23, puisque j'ai sous les yeux, à Turin, les monuments qui les portent. La légende n° 20 est sculptée sur un grand bloc de pierre calcaire blanche, dont la destination primitive m'est inconnue. Le prénom n° 19 *a*, existe aussi sur un scarabée, et je le connaissais déjà uni au nom-propre n° 19 *b*, sur un amulette de la collection de M. Lageard; enfin j'extrais le prénom n° 23, du plus complet des rituels funéraire hiéroglyphiques du musée de Turin. Dans la même colonne du manuscrit, où existe le prénom royal, il est parlé d'un *fils de roi* ou prince, dont le titre et le nom-propre sont reproduits sur la planche V, n° 24.

Le Musée Égyptien de S. M. le roi de Sardaigne ne possède, à ma connaissance, qu'un seul monument relatif à la XXIe dynastie : c'est une magnifique *stèle* funéraire de six pieds de hauteur sur deux de large, provenant de fouilles faites à Abydos dans la Thébaïde. La matière et le genre de travail de cette stèle, offrent une si parfaite analogie avec la matière et le travail de la belle stèle rapportée également d'Abydos par M. Thedenat, et appartenant aujourd'hui à M. Cousinery, que j'en fus d'abord frappé avant même de connaître le lieu d'où provenait le monument de Turin. Ce dernier porte en tête un *prénom* (pl. V, n° 26 *a.*), avec la date de l'année XLVI (1). Le manque total du nom-propre royal nous laisserait dans une complète incertitude sur l'époque où cet admirable bas-relief a été exécuté, si la stèle de M. Cousinery, laquelle est évidemment du même siècle et sort

(1) Voy pl. XV, n° 23.

peut-être de la même catacombe, ne venait heureusement suppléer à cette absence et nous apprendre dans quelle dynastie nous devons chercher ce long règne.

Ce précieux modèle de sculpture égyptienne contient, vers le bas, deux petits bas-reliefs : l'un représente cinq personnages de divers sexes, portant des offrandes à leurs père et mère *défunts*. Sur l'autre, sont figurés les deux époux assis, ayant devant eux un autel chargé d'offrandes. Toute la partie supérieure de la stèle, est occupée par quinze grandes lignes horizontales d'hiéroglyphes, exécutés avec une finesse et une pureté peu communes. Treize de ces lignes contiennent l'inscription funéraire du défunt qui se nommait ⲀⲀⲤⲚ *Aasen*. L'inscription commence véritablement à la troisième ligne supérieure par la formule ordinaire dans ces sortes de monuments, et dont celle-ci n'est qu'une pure amplification; mais les deux premières lignes de la stèle, et qui forment une sorte de titre général, présentent un intérêt tout particulier, puisqu'elles contiennent la dédicace même de ce monument faite par un Pharaon dont les qualifications, et le nom propre environné du cartouche royal, remplissent la première ligne que je traduis ainsi, le sens de tous les caractères qui la composent étant bien connu d'ailleurs :

La vie divine! l'Aroëris bienfaiteur du Monde,

seigneur de la Région d'en haut et de la Région d'en-bas, le bienfaiteur du monde, roi du peuple obéissant, fils du Soleil MANDOUFTEP *toujours vivant* (pl. XV, n° 23).

Le bas-relief placé à la suite de la légende funéraire, nous explique bien clairement pourquoi le Pharaon *Mandou-ftép* fit élever une si magnifique stèle à la mémoire de l'individu nommé *Aasen*, qu'aucun titre ni aucun détail de costume ne distingue, ni sa femme non plus, *Hapévé* (ϩⲁⲡⲩⲉ) ou *Hapéfé* (Epaphia), du commun des défunts figurés sur les autres stèles. Une pareille consécration ne fut, de la part de ce souverain de l'Égypte, qu'un simple acte de piété filiale, puisqu'il est représenté dans ce bas-relief, faisant à son père *Aasen* et à sa mère *Hapévé*, l'offrande d'une cuisse de victimes : sur la tête du Pharaon est tracée la légende suivante indiquant expressément son degré de parenté avec le défunt *Aasen* : Ϲⲉϥ ⲙⲉⲓϥ Ⲙⲛⲧⲟⲩϥⲧⲡ SON FILS QUI L'AIME MANDOUFTEP. Ce roi n'était que le second des enfants de *Aasen*, car le fils aîné, nommé *Osortasen* (Ⲟⲥⲣⲧⲥⲛ), est placé avant *Mandou-ftép* et présente le premier son offrande funéraire (une oie) à leurs parents. Un troisième frère s'appelle ⲙⲛⲧⲟⲩⲥⲉ *Mandou-sé* et donne la main à leur sœur qui la donne à son tour à *Thanen* (ⲑⲛⲛ) un de ses enfants.

Le nom du père défunt, *Aasen*, n'est lié sur la

stèle a aucun des titres qui précèdent ou qui suivent les noms-propres royaux : le nom de *Mandou-ftép* seul est environné du cartouche royal, et nous devons forcément conclure de là, que le Pharaon *Mandouftép* fut le chef d'une famille royale, puisque ni son père, ni son frère aîné *Osortasen* n'a exercé le pouvoir suprême. C'est donc parmi les chefs de dynasties qu'il faut chercher à reconnaître, dans les extraits de Manéthon, ce roi *Mandou-ftép* par les soins duquel ce beau monument fut érigé. La pureté du travail de cette stèle qui dénote le meilleur temps de l'art, et la convenance des noms nous portent naturellement a reconnaître dans MANDOU-FTÉP (*l'approuvé de Mandou*), le roi Mendès ΜΕΝΔΗΣ de Diodore, le ΣΜΕΝΔΗΣ ou ΣΜΕΝΔΙΣ de Manéthon, le chef de la XXIe dynastie égyptienne, dite des *Tanites* (ΤΑΝΙΤΩΝ) parceque son premier roi appartenait à une famille originaire du Nome ou de la ville de Tanis.

Une circonstance presque indifférente au premier apperçu, mais qui devient grave lorsqu'on a quelque habitude des monuments de l'Égypte, établit encore assez positivement, l'identité de ces deux princes. Il était d'usage en effet parmi les Égyptiens, et toutes les stèles funéraires le prouvent invinciblement, que *le fils prit le nom de l'un de ses ayeux soit paternel soit maternel.* Or, nous trouvons dans la XXIe famille royale, celle des *Tanites*, que le fils et le successeur de *Smendès* (notre Mandou-ftép) s'appeloit ΨΟΥΣÉΝΗΣ (1), et l'on y retrouve des traces du nom même de l'aïeul paternel de ce roi, celui du père de *Mandouftep*, Aasen, accru d'une finale grecque ΨΟΥΣΕΝ-ΗΣ. Un autre roi porte un nom analogue, et ces analogies méritent bien quelqu'attention.

Il faut donc aussi, Monsieur le Duc, rapporter à cette XXIe dynastie Tanite, le règne du Pharaon dans la XLVIe année duquel a été sculptée la belle stèle funéraire du Musée de Turin, si étonnamment analogue, quant au style et à la matière, à celle qui vient de nous fournir le nom hiéroglyphique du chef de cette famille royale; et à cet égard encore, les extraits de Manéthon ne nous laissent pas même un seul instant d'incertitude, puisque celui qu'a donné l'Africain nous apprend que le Pharaon *Psousénès* I, successeur immédiat de *Smendès* (Mandou-ftép), occupa en effet le trône pendant 46 années consécutives comme le dit notre stèle (2). C'est le plus long des règnes de la dynastie entière; son premier roi (Smendès), ne gouverna en effet l'Égypte que pendant 26 ans; le troisième *Néphelchères*, règna 4 ans; le quatrième *Aménophthis*, 9 ans; le cinquième *Osochôr*, 6 ans;

(1) Apud Syncell. chronograph, pag. 93, ed. reg.
(2) *Ibid.* pag. 73.

le sixième *Psinachès*, 9 ans; enfin le septième et dernier; *Psousénès* II, 30 ans selon l'Africain, et non 35 comme le dit l'extrait d'Eusèbe qui ôte 5 ans au régne de *Psousenès* I, fixé à 46 par celui de l'Africain et par notre belle stèle, pour les reporter sur Psousénès II. C'est donc à la dernière année du régne de *Psousénès* I, qu'appartient la plus grande des stèles du musée de Turin. Le prénom royal qu'elle porte est par conséquent celui du *Psousénès* successeur de Mandou-ftép : ainsi cette belle stèle, sur laquelle je dois revenir en traitant des bas-reliefs, remonterait au onzième siècle avant notre ère.

Je terminerai cette lettre, Monsieur le Duc, par l'indication de quelques monuments relatifs à la XXIIe dynastie égyptienne, famille originaire de Bubaste, qui monta sur le trône après la déchéance des Tanites, et ces monuments nous donneront aussi un nouvel exemple de cette permanence déjà annoncée des mêmes noms propres dans une famille.

Le chef des *Bubastites* porta le nom de ΣΕΣΈΓΧΩΣΙΣ, *Sésenchosis*, suivant l'extrait d'Eusèbe, ou de ΣΈΣΟΓΧΙΣ *Sésonchis*, d'après l'extrait de l'Africain. Ce dernier nom est le véritable, comme je l'ai fait voir déjà dans mon *Précis du système hiéroglyphique* (1); il est, à la finale près qui est grecque, la

(1) Chap. VIII pag. 203 et suiv.

transcription, aussi exacte du moins qu'elle pouvait l'être en usant de l'alphabet grec, de l'égyptien ϣϣⲛⲕ SCHÉSCHONK, nom de ce même Pharaon en hiéroglyphes phonétiques. J'ai établi en même temps que ce nom royal, précédé de son *prénom*, existe sur une des colonnades de la première cour du vaste palais de Karnac à Thèbes, dont M. Huyot a dessiné les légendes hiéroglyphiques. Je retrouve le nom-propre de *Sésonchis*, SCHÉSCHONK, le *Sésac*, *Schéschak* ou *Schischak* de l'Écriture Sainte, conquérant de Jérusalem et spoliateur du Temple comme de la maison de David, inscrit sur le devant du trône d'une superbe statue léontocéphale du Musée de Turin. La déesse gardienne est représentée assise et décorée de ses insignes ordinaires. Ce colosse est de granit noir à taches blanches, et n'a pas moins de 7 pieds de hauteur. Il porte la légende royale suivante (pl. V n° 27):

» *Le Dieu bienfaisant Seigneur du Monde*, SOLEIL DU MONDE SUPÉRIEUR APPROUVÉ PAR PHRÉ, *le fils du Soleil qui l'aime* SCHÉSCHONK. »

Une statue léontocéphale du Musée de Paris, offre la légende du même Roi. Je la retrouve aussi sur un scarabée du Musée de Turin, avec cette différence toutefois que le nom propre est abrégé, l'espace n'ayant permis d'inscrire que les deux premiers signes ϣϣ (*Schésch*) : une pareille abréviation de ce nom existe sur une statue du Musée

Britannique, le dessein que j'en possède et que je tiens de Belzoni, portant seulement ϣⲛⲕ *Schonk* pour *Schéschonk* ϣϣⲛⲕ. Mais la présence du prénom et sur la statue de Londres et sur le scarabée de Turin, ne permet point de douter qu'il ne faille lire le cartouche nom-propre *Schéschonk*, ainsi que portent tant d'autres monuments.

Ce chef de la XXIIe dynastie, celle des *Bubastites*, contemporain de Salomon et de son fils Roboam, paraît avoir exercé une puissante influence sur les destins politiques de la Judée. Hiéroboam, auquel un prophète avait promis la souveraineté sur dix des tribus d'Israël, fuyant la colère de Salomon, se réfugia à la cour de *Sésonchis*, auprès duquel il trouva non seulement un asile, mais encore un protecteur actif. Le Pharaon non content d'accueillir l'étranger fugitif, lui donna sa fille en mariage, et envahit la Judée après la mort de Salomon. Ce fut sans doute la terreur des armes égyptiennes, qui décida le démembrement des états de David, et la création du royaume d'Israël. Hérodote ni Diodore de Sicile n'a fait aucune mention des entreprises militaires de *Sésonchis* (Schéschonk), que les chronologistes modernes ont souvent confondus avec le grand *Sésostris*. Il paraît certain que, sous le règne de ce Pharaon, l'empire Égyptien avait conservé ou recouvré en très-grande partie la prépondérance et l'étendue que lui avaient acquises les travaux et les exploits guerriers des princes les plus illustres de la XVIIIe et de la XIXe dynasties, puisque *Schéschonk* parut devant les murs de Jérusalem à la tête d'une armée immense composée d'*Égyptiens*, de *Libyens*, de *Troglodytes* et d'*Éthiopiens*.

La qualification de *Kouschi* כושי (*Ethiopien*), que les livres saints donnent au roi *Zarach* ou *Zaroch*, c'est-à-dire à *Osorchon* fils et successeur de *Sésonchis*, semblerait prouver aussi que les Pharaons de la XXIIe dynastie tenaient tributaire une partie du vaste pays que les anciens ont connu sous le nom d'Éthiopie. Quoi qu'il en soit, le Musée de Turin possède un scarabée sur lequel est gravé le nom-propre de ce second des princes Bubastites; ce nom, entièrement formé de signes phonétiques, se lit ⲀⲘⲚⲘⲀⲒ ⲞⲤⲞⲢⲔⲚ, *le chéri d'Ammon* OSORCHON (pl. V, n° 28 *b*), comme le cartouche nom-propre du même Pharaon, sculpté à la suite de ceux de Sésonchis sur les édifices de Karnac à Thèbes où nous retrouvons son *prénom* royal (pl. V, n° 28 *a*) ainsi conçu : LE SOLEIL GARDIEN DE LA RÉGION INFÉRIEURE APPROUVÉ PAR AMMON.

Il paraît que les noms de *Schéschonk* et d'*Osorchon* furent portés de préférence par les descendants du vainqueur de la Judée. C'est ce que prouve un papyrus hiéroglyphique, gravé par M. le baron Denon dans son intéressant et beau *Voyage en*

Égypte (1). Les 3e et 4e colonnes de ce manuscrit, orné de nombreuses figures emblématiques, contiennent le nom du défunt :

Le prêtre d'Amon-Ra roi des Dieux, OSORCHON *fils du grand prêtre d'Amon-Ra roi des Dieux* SCHÉSCHONK, *royal fils du Seigneur du monde le chéri d'Ammon* OSORCHON *vivificateur semblable au Soleil pour toujours.* Il s'agit évidemment ici d'un arrière petit-fils du Pharaon *Schéschonk* chef de la XXIIe dynastie. Le défunt dont ce papyrus conserve la mémoire, le prêtre d'Amonra Osorchon, était fils d'un *prince*, ϹΘΗϹΤΗ ou ϹΤΗ-ϹΘ (2) appelé *Schéschonk*, l'un des enfants du *Roi Osorchon* fils et successeur du premier des Bubastites. Nous trouvons ainsi quatre générations d'une même famille dans lesquelles le nom du grand-père passe régulièrement au petit-fils. Ce manuscrit nous instruit en outre d'une particularité d'un assez haut intérêt pour l'histoire. Il prouve, puisque Schéschonk, fils

(1) Pl. 137. Voir aussi le *Précis du système hiéroglyphique*, planche XI.

(2) Comme on le trouve dans la troisième colonne du même papyrus où la légende généalogique est reproduite une seconde fois. — Ce titre ϹΤΗϹΘ ou ϹΘΗϹΤΗ, *prince, enfant de Roi*, ne m'étant pas encore connu lorsque je publiai mon *Précis du système hiéroglyphique*, je ne pus décider aussi positivement que je le fais aujourd'hui, le dégré de parenté de cet *Osorchon* avec le roi *Sésonchis*.

du roi Osorchon, était *grand prêtre d'Ammon*, et selon toute apparence à Thèbes où le papyrus a été trouvé, que les Pharaons n'oubliant point que la monarchie avait été fondée en Égypte sur les ruines du gouvernement théocratique, cherchaient à prévenir toute réaction d'une caste nombreuse et puissante, en confiant les hautes dignités du sacerdoce à des personnes de leur propre famille. Le défunt Osorchon, fils du grand prêtre Scheschonk, était sans doute, suivant la coutume égyptienne, destiné à succéder à son père dans le suprême sacerdoce d'Amon-Ra, la grande divinité de Thèbes, puisqu'à l'époque de sa mort, il était déjà *prêtre* de ce dieu. Peut-être aussi que le roi *Amensé-Péhor* (1) que nous avons conjecturalement rangé dans la XXe dynastie, et dont le prénom royal contient exactement le même titre, *le grand prêtre d'Ammon*, fut un prince d'une autre dynastie, qui, n'étant point appelé directement au trône et se trouvant revêtu du grand sacerdoce d'Ammon, dut ensuite le sceptre à des évènements imprévus. Il demeure certain toutefois, que l'opinion de la plupart de nos écrivains modernes, qui nous représentent toujours l'Égypte courbée sous le joug sacerdotal, et les Pharaons esclaves des pontifes, mérite encore un sérieux examen avant que d'être définitivement adoptée.

---

(1) Supra, page 113.

Le Musée de Turin possède un second monument funéraire rappelant le souvenir d'un autre membre de la dynastie des Bubastites. C'est un fragment de tableau ou plutôt de stèle en bois de sycomore, peinte et dont les couleurs ont presque conservé tout leur éclat primitif. Nous avons à regretter la perte de plus des deux tiers de cette curieuse peinture; ce qui reste appartenait à la portion gauche de la stèle (pl. XVI).

Au-dessous d'une moitié du caractère figuratif du *ciel* peint en bleu et recourbé sur le contour extrême de la stèle, on aperçoit encore le *disque ailé* emblème du premier Hermès, la lumière et la sagesse éternelles. Les ailes du globe sont peintes en rouge et en vert; l'extrémité encore visible du caractère *ciel*, repose sur l'emblême ordinaire de la *région supérieure*, espèce d'enseigne ornée de bandelettes. La partie opposée de la stèle montrait indubitablement, comme le prouvent une foule d'exemples, l'autre extrêmité du caractère *ciel* (ⲡⲉ) appuyée sur l'emblême de la *région inférieure*. Ces deux enseignes symboliques formaient ainsi l'encadrement du tableau dont le sujet est un *acte d'Adoration*, ΠΡΟΣΚΎΝΗΜΑ. La figure en pied de l'adorateur existe encore presque en totalité, ainsi que les deux dernières colonnes de sa légende hiéroglyphique. La tête de cet Égyptien, dont toutes les chairs sont coloriées en rouge très-vif, est entièrement rase, ce qui semblerait prouver qu'il appartenait à l'ordre sacerdotal. Le cône et les feuillage qui surmontent sa tête, indiquent aussi que cette image est celle d'un individu défunt. Enfin, la peau de panthère qui couvre la partie supérieure de son corps, comme la tête de l'animal fixée sur sa ceinture et à laquelle est appendu un riche ornement semblable à celui qui décore la ceinture des rois, tout concourt à prouver le haut rang de ce personnage. La statue d'*Aménophis* II citée dans ma précédente lettre, et un manuscrit funéraire d'*Osorchon* (1), arrière petit-fils de Sésonchis, établissent assez que ce costume était propre aux membres des familles Pharaoniques, et les restes de la légende hiéroglyphique tracée sur la stèle même, à coté de l'adorateur, en fournit une nouvelle preuve : la plupart des signes qui composent cette légende étant phonétiques, j'en donne ici la transcription en caractères coptes :

ⲧ. ⲥⲧ. ⲥⲧⲛⲥⲉ ⲛ̄ Ⲧⲕⲁⲧⲉ ⲧⲙⲁⲩϥ Ⲧⲁⲙⲡϫ ϩⲓⲙⲉ
ⲧⲥⲉ ⲛ ⲛⲟⲩⲧⲉⲙⲁⲓ ϩⲱⲣ ⲥⲧ.

ᴛ (*défunt*) *Royal fils de* ᴛᴀᴋᴇʟᴏᴛʜᴇ́, *sa mère étant* ᴛᴀᴍᴘᴇᴅᴊ *fille de l'aimé de Dieu* ʜᴏʀᴜs (défunt).

Le premier signe de ce débris d'inscription est

(1) Supra, page 123.

un ᴛ ou ɵ; c'est la dernière lettre du nom-propre du personnage représenté sur le tableau ou peut-être aussi du nom propre de son père. L'autre portion de ce nom se trouvait dans la colonne précédente sur la partie perdue de la stèle. Les deux caractères suivants ⲥⲧ sont l'abréviation de ce groupe qui accompagne constamment les noms-propres, soit dans les papyrus, soit sur les stèles. Je l'ai traduit provisoirement par *défunt*, quoique les éléments dont il est formé me semblent exprimer l'idée générale *appartenant à la région inférieure*, ce qui pourrait être applicable à tout individu vivant ou mort, appartenant à la terre de la région inférieure de l'univers égyptien.

La *plante* et le *Chénalopex* sont les abréviations usuelles du titre ⲥⲧⲛ-ⲥⲉ, ou ⲥⲧⲛⲥⲓ, *royal fils*, *enfant de Roi* (*prince*), titre particulier aux seuls descendants des Pharaons. Le nom-propre du père de ce prince est effectivement environné du *cartouche*, marque distinctive accordée, sans exception, aux seuls noms des souverains sur tous les monuments écrits de l'Égypte. Cet encadrement renferme cinq caractères tous phonétiques. La valeur fixe de chacun de ces signes étant déjà parfaitement déterminée par mes recherches antérieures, il m'a été facile, les extraits de Manéthon à la main, de voir que ce nom (pl. V, n° 29), dont la transcription en lettres coptes peut donner indifféremment

Ⲧⲕⲣⲧⲓ, Ⲧⲕⲗⲑⲉ, Ⲧⲕⲗⲑⲓ ou Ⲑⲕⲗⲑⲓ, ne peut être que celui du Pharaon appelé ΤΑΚΈΛΩΘΙΣ *Takelôthis*, ou ΤΑΚΈΛΛΩΘΙΣ *Takellôthis*, dans l'extrait d'Eusèbe, comme dans celui de l'Africain. Ces deux chronologistes, d'après le texte original de Manéthon qu'ils avaient pris pour guide, et avec toute raison, dans la partie de leurs ouvrages relative aux annales égyptiennes, placent le Pharaon *Takellothis* dans la XXIIe dynastie, c'est-à-dire parmi les rois de la famille Bubastite dont Sésonchis fut le chef.

Je retrouve donc ainsi, Monsieur le Duc, soit sur des stèles, soit dans les papyrus, les noms des trois Pharaons *Bubastites* mentionnés par les écrivains grecs. L'existence historique de la XXIIe dynastie est donc prouvée monumentalement comme celle des XXIe, XXe, XIXe, XVIIIe et XVIIe; et si le petit nombre d'objets d'art Égyptiens transportés en Europe, et qu'il m'a été permis d'étudier, donnent déjà de telles lumières, que ne serait-il point permis d'espérer de recherches bien méditées d'avance et convenablement dirigées sur le sol même de l'Egypte qui recèle encore tant de trésors historiques? Mais de telles entreprises dépassent les facultés d'un simple particulier; elles réclameraient et l'attache et la coopération active d'un gouvernement protecteur zélé des lettres. Il faut donc se contenter, dans l'état actuel des choses, d'explorer les monuments Égyptiens existants dans les collections de l'Europe.

Je me propose, en conséquence, de poursuivre, dans une prochaine Lettre, l'examen des statues, bas-reliefs, manuscrits ou amulettes qui peuvent se rapporter aux dynasties postérieures à celle des *Bubastites*. L'espoir fondé de trouver et d'étudier dans les Musées de Florence, de Rome et de Naples, de nombreux documents qui confirment ou étendent ceux que j'ai déjà recueillis ici, et qui donnent des lumières bien désirables relativement aux dernières dynasties des Pharaons, à celles des Perses ou des Lagides, m'engage à suspendre la rédaction de ma troisième Lettre, afin de l'enrichir de notions nouvelles, et justifier ainsi l'honorable intérêt que vous voulez bien accorder à mes travaux. La continuation de mon voyage ne tournera point d'ailleurs au profit seul de mes études, puisqu'elle me promet le précieux avantage de vous renouveler de vive voix, Monsieur le Duc, les expressions de mon respectueux dévouement.

Turin, décembre, 1824.

J. F. CHAMPOLLION LE JEUNE.

NOTICE CHRONOLOGIQUE

DES DYNASTIES ÉGYPTIENNES DE MANÉTHON.

SUITE. — XVIe A XXIIe DYNASTIES.

La première partie de cette Notice, qui termine la lettre précédente, est uniquement relative à la XVIIIe dynastie de Manéthon; elle intéresse toutefois très-directement la discussion générale de la chronologie égyptienne : un jalon solide placé au centre de l'espace que cette chronologie comprend, doit diriger et régler l'exploration des points qui sont encore inconnus ou mal connus; et ce jalon devient le lien commun des résultats de toutes les recherches subséquentes. L'avènement de la XVIIIe dynastie, fut une époque de restauration pour la monarchie égyptienne; les loix, la religion et les arts de la patrie, furent rétablis dans tout leur éclat après deux siècles et demi de persécutions; on remit en honneur toutes les anciennes pratiques civiles, et l'état fut reconstitué tout entier par ces mêmes princes qui venaient de le délivrer du joug des barbares. Cet évènement est un des plus mémorables dans l'histoire de l'ancienne civilisation de l'orient; il arriva près de six siècles avant l'époque la plus célèbre des annales primitives de l'occident, la guerre de Troie.

J'ai fait tous mes efforts pour réussir à déterminer les temps de cette restauration des Pharaons, ainsi que l'ordre de leur succession, leur filiation et la durée du règne de chacun d'eux. Les monuments contemporains, retrouvés depuis par mon frère dans le Musée royal égyptien de Turin, sont venus confirmer plusieurs des premières données, et des actes publics portant des dates complètes tirées du règne de six des princes de cette illustre dynastie, rentrent exactement dans les limites déjà indiquées pour la durée de ces règnes. Nous touchons ainsi à des certitudes dans une question traitée jusqu'ici avec les seules ressources propres à l'art des conjectures. Cette base capitale de la chronologie égyptienne, permet donc de s'engager avec quelque espoir de succès, dans la discussion des époques antérieures et postérieures à la XVIIIe dynastie; les monuments nous guideront encore dans cette nouvelle discussion, et ils répandront sur ses obscurités, cette lumière qui n'a rien d'incertain lorsque une critique probe et sans ambition, laisse au langage de ces témoins irrécusables, son expression la plus simple et la plus naturelle.

Les plus anciennes constructions égyptiennes connues, sont des restes d'un édifice plus considérable, qui furent religieusement coordonnés avec le plan du palais de Karnac à Thèbes, commencé après l'expulsion des Hyk-Shôs, par Aménophis, troisième roi de la XVIIIe dynastie; les cartouches nom et prénom du prince qui éleva ces constructions anciennes, se retrouvent aussi sur deux colosses dont le style annonce également une époque ancienne dans l'histoire de l'art, et l'interprétation de ces cartouches, de même que les considérations historiques qui s'y rapportent, nous donnent le nom du Pharaon *Osymandyas*, dont Diodore de Sicile rapporte les merveilleuses entreprises et les triomphes d'après les interprètes et les annales de l'Égypte (1). Le règne d'Osymandyas demeure donc comme l'époque radicale de l'histoire des monuments connus de l'Égypte, et l'antiquité classique nous permet de déterminer cette époque très-approximativement.

Le même historien, Diodore de Sicile, apprit des mêmes interprètes Égyptiens, que le roi *Uchoreüs* fut le huitième descendant d'Osymandyas, et que le roi *Mœris* succéda à Uchoreüs douze générations après. Il dit en effet, à la suite de l'histoire d'Osymandyas, τῶν δὲ τούτου τοῦ βασιλέως ἀπογόνων ὁ ὄγδοος,

(1) Diod. Sic., lib. 1, pag. 30 et 31.

ὁ ἀπὸ τοῦ πατρὸς προσαγορευθεὶς ΟΥΧΟΡΕΥΣ, et à la suite de l'histoire d'Uchoreüs, μετὰ δὲ τὸν προειρημένον βασιλέα, δώδεκα γενεαῖς ὕστερον... ΜΥΡΙΣ; il y eut donc dix-neuf ou vingt générations entre Osymandyas et Mœris. L'époque du règne de Mœris étant déterminée dans la première partie de cette Notice, elle donnera le temps même d'Osymandyas, si l'on apprécie avec certitude l'intervalle des dix-neuf ou vingt générations qui séparent ces deux princes.

J'ai fait voir ailleurs (1) que les recherches des modernes prouvent l'exactitude de l'évaluation faite par les anciens, d'un siècle pour trois générations, mais seulement dans les pays où les hommes se mariaient vers l'âge de trente ans, comme dans la Grèce selon les préceptes d'Hésiode et de Platon. Dans l'orient au contraire, les hommes se mariant avant cet âge, la durée d'une génération devait être moindre et dans une proportion que l'arithmétique politique pourrait facilement apprécier d'après les usages constants de ces contrées. Pour l'Égypte, nos précédentes recherches, en confirmant notre remarque restrictive, donnent un élément positif de la durée des vingt générations qui séparent Osymandyas de Mœris.

Nous savons en effet que la XVIIIe dynastie des

---

(1) Dans mon édition des *Œuvres complètes de Fréret*, tome Ier, pag. 350 et 359 aux notes. (Paris, 1825, F. Didot, 8°.)

Pharaons eut dix-sept rois, ne formant que quatorze générations, *trois* frères ayant succédé à leurs frères, et la durée totale de ces dix-sept règnes fut de 348 ans 7 mois. Lorsque Thoutmosis, le premier de ces princes, monta sur le trône, il faisait la guerre aux Hyk-Shôs depuis quelque temps, et il réussit à les chasser de l'Égypte : on a donc pu supposer avec toute vraisemblance, et puisqu'il ne règna que 25 ans après l'expulsion des barbares, qu'il était agé de trente ans à son avènement; on a donc 378 ans pour la durée totale des 14 générations, et 27 ans pour chacune, ce qui rentre dans les principes qui viennent d'être exposés pour la supputation des temps par les générations dans l'histoire de l'orient.

Appliquant ces données arithmétiques à l'intervalle indiqué par Diodore de Sicile entre Osymandyas et Mœris, on aura 540 ans pour vingt générations, et l'an 2276 avant l'ère chrétienne pour l'époque où finit le règne d'Osymandyas, celui de Mœris ayant commencé vers 1736 avant la même ère.

Le monument généalogique d'Abydos, exécuté sous le règne de Sésostris au plus tard, et le Canon chronologique de Manéthon, transcrit ou extrait par Eusèbe, Jules l'Africain et le Syncelle, s'accordent avec cette donnée sur l'époque d'Osymandyas : l'intérêt de l'histoire exige que nous le démontrions.

Aucun des six cartouches qui, dans la Table

d'Abydos, précèdent ceux de la XVIIIe dynastie, ne ressemble à celui d'Osymandyas; ces six cartouches sont ceux des rois de la XVIIe dynastie légitime, qui, du temps que les Pasteurs occupaient Memphis, s'était établie et régna sur quelques points de la haute Égypte, et fit construire de grands édifices dans la Nubie, comme le prouvent des monuments qui subsistent encore et dont quelques-uns portent des dates du règne de ces rois. Osymandyas ne fit donc point partie de cette XVIIe dynastie. Les édifices extraordinaires qu'il éleva en Égypte, si l'histoire est fidèle, ni ses expéditions dans la Bactriane ne pourraient non plus s'accorder avec l'occupation d'une partie de ses états par les Pasteurs.

Les extraits qui nous restent de Manéthon, ne donnent que la durée des cinq règnes de la XVIe dynastie, et l'indication qui résulte du calcul par les générations pour le temps d'Osymandyas, le porte encore au-delà de cette XVIe dynastie, la somme des règnes de la XVIIIe, de la XVIIe et de la XVIe, ne fixant l'avénement de celle-ci qu'à l'an 2272, comme on le voit par le tableau qui suit:

La XVIIIe dynastie commença de régner	en 1822
La XVIIe (260 ans)........................	en 2082
La XVIe (190 ans)........................	en 2272

Enfin, les deux rois de cette famille dont les

noms nous sont connus, ne sont pas non plus Osymandyas.

Mais pour ne pas trop presser les conséquences de ces données, on peut dire avec toute vraisemblance que si Osymandyas ne fut pas le dernier roi de la XVe dynastie, il dût être le premier de la XVIe : examinons d'abord la première supposition.

Georges le Syncelle qui, dans l'intérêt de son système rétréci, a singulièrement abrégé la liste des rois d'Égypte antérieurs aux Hyk-Shôs, nomme formellement un roi ΟΥΣΗ, *Ousé* ou bien *Ousi*, à la place même que OUSI-MANDOUÉI, dont les Grecs ont fait Οσυμανδέως et Οσυμανδύας, *Osymandyas*, doit occuper selon les résultats précédents. Ce nom se trouve en effet à 191 ans de distance de Salatis premier roi des Hyk-Shôs, c'est-à-dire immédiatement avant la XVIe dynastie, et le Syncelle donne à ce roi Ousi cinquante années de règne, ce qui convient à celui d'un prince qui porta ses armes victorieuses loin de l'Égypte, et orna la capitale de ses états de constructions magnifiques dont les restes subsistent de nos jours. D'après ces faits positifs, l'Osymandyas des Grecs, dont les deux noms égyptiens OUSI-MANDOUEI ont été conservés, le premier par le Syncelle, et le second par les monuments, dut être le dernier roi de la XVe dynastie et régner vers l'an 2300 avant l'ère chrétienne, le calcul par la durée des générations, et la supputation des temps de la XVIIe et de la XVIe dynasties, portant également l'époque de ce règne au-delà de l'an 2272 qui est le premier de la XVIe dynastie, et l'existence de cette dynastie ne peut être douteuse. Elle est formellement reconnue par toute l'antiquité et par les savants historiens de l'Église, notamment par Eusèbe, évêque de Césarée, qui répète plusieurs fois dans sa Chronique traduite par Saint-Jérome, *quo tempore* (du temps de Ninus, roi d'Assyrie) JAM *sextadecima dynastia Thebæi Ægyptiis imperabant*, et qui prend pour époque radicale de sa chronologie, l'année de la naissance d'Abraham, qu'il affirme répondre exactement à la première année du règne de la XVIe dynastie (1).

Mais afin de prévenir toute éxagération dans ces résultats, afin encore de tenir compte de la différence de quelques années que peut produire le calcul par les générations donné par Diodore, si

(1) *Eusebii Chronicon, edente Scaligero*, Amstelod. 1658, *procemium Eusebii* page 56 *et passim*; édit. de Milan, 1818, pag. 240; — de Venise, II, pag. 14. — Eusèbe a suivi la chronologie du texte des Septante avec tous les pères de l'église. Cette chronologie s'accorde pleinement avec le témoignage des monuments; et quant au synchronisme de la 1ere année de la XVIe dynastie avec la naissance d'Abraham, il faut remarquer qu'Eusèbe le donne en n'attribuant que 103 ans de durée aux règnes de la XVIIe, au lieu de 260 selon Manéthon.

surtout, comme il le paraît, le roi Mœris forme lui-même la 20e génération après Osymandyas, ce qui ne permet d'en compter que 19 pour cet intervalle; enfin, considérant que l'éclat du règne d'Osymandyas dut, selon la coutume des Égyptiens, le faire désigner comme le chef d'une dynastie (1), *Ousi-Mandouei*, Osymandyas, peut être considéré comme le premier roi de la XVIe, et le commencement de son règne, porté à la 2272 avant l'ère chrétienne. Si tous les cartouches de la XVIe dynastie n'avaient pas disparu de la table d'Abydos par ses fractures, elle confirmerait très-vraisemblablement notre conjecture.

Cette XVIe dynastie eut cinq rois qui régnèrent 190 ans, et le dernier, nommé Timaüs par Manéthon, et Concharis par le Syncelle, fut égorgé par les pasteurs dans la sixième année de son règne (2).

Le texte arménien du second livre de la Chronique d'Eusèbe, me semble nous révéler le nom de son prédecesseur qui jusqu'ici était inconnu. Le Canon chronologique général est précédé par les

(1) Amosis Thoutmosis, fils et successeur du dernier roi de la XVIIe dynastie, fut néanmoins le chef de la XVIIIe, parce-qu'il délivra l'Égypte des Pasteurs; de même Ramsès le grand, Sésostris, fils et successeur du dernier roi de la XVIIIe, fut le chef de la XIXe, à cause de ses grandes actions.

(2) Première Lettre, pag. 103.

listes particulières des princes de diverses contrées, et en tête de chaque liste, Eusèbe a le soin de rapporter la première année du premier roi, à l'année du règne d'un autre prince qu'il a précédemment nommé. Ainsi, pour les rois de Juda, il dit que David commença de régner l'an 30 de Dercylus roi d'Assyrie; pour Sicyone, que la 22e année de son second roi, Europs, repondait à la 40e (ou 43e) année de Ninus; pour Athènes, il fixe la première année de Cécrops à la 32e du règne de Phorbas à Argos. Enfin, pour Argos même, il énonce une concordance égyptienne que les traducteurs du texte arménien ont rendue en latin par ces termes : *Regnante Amesse, secundo rege Ægyptiorum, anno CLXI dynastiæ XVI, in Argivos regnat Inachus annis L.* etc., (1). Cette version est moins obscure dans l'édition grecque et latine de Milan; mais le texte examiné par le savant professeur Cirbied, n'a donné aucune variante utile, et il en résulterait confusément que Inachus commença de régner à Argos, *du temps d'Amessès, second roi des Égyptiens, l'an* 161 *de la XVIe dynastie.*

Un autre passage arménien, qui suit la liste des rois d'Argos, éclaircit un peu la difficulté, en ajou-

---

(1) Eusèbe arménien, Venise, 1818, II, pag. 27; édition de Milan, page 250.

tant que les rois d'Argos ayant ainsi commencé de régner l'an 161 de la XVIe dynastie, sous le roi Amessès, ils finirent l'an 705 (d'Abraham), *incipientes a CLXI anno XVI dynastiæ Ægyptiorum sub rege Amesse, desierunt anno DCCV*. On conclut déjà de ce nouveau passage, que le roi Amessès fut un prince de la XVIe dynastie égyptienne, et qu'il régnait en l'an 161 de cette même dynastie. Reste donc le mot *secundo* du premier texte, qui ne fait aucun sens tel qu'il est placé; mais on voit sans effort 1° qu'Eusèbe prenant cette XVIe dynastie pour époque primitive de sa Chronique, et reconnaissant plusieurs fois que cette dynastie fut composée de cinq rois; 2° que le *second* de ces rois ne pouvant pas être sur le trône dans la 161e année de cette dynastie qui régna 190 ans, et le dernier des cinq, Concharis, n'ayant régné que durant six ans, Eusèbe a dû dire nécessairement qu'Inachus commença de régner à Argos *la 161e année de la XVIe dynastie égyptienne*, qui était la *seconde année* du règne du roi *Amessès*, nommé *Amosis* dans la version de Milan.

Ce passage important nous apprend donc que l'avant dernier roi de la XVIe dynastie se nommait *Amessès* ou *Amosis*, et que son régne commença dans la 160e année à compter de l'avènement de cette dynastie; nous savons d'autre part que son dernier roi périt victime de la fureur des Hyk-

Shôs, après avoir régné 6 ans seulement (1); on déduira donc régulièrement de tout ce qui précède, le tableau suivant de cette XVIe DYNASTIE.

1.	Osymandyas, monte sur le trône l'an	2272	et règne 50 ans
2.	N. 2e roi	2222	règnent 109 ans
3.	N. 3e roi	—	
4.	Amessès, Amosis	2113	25
5.	Timaüs, Concharis	2088	6
	Invasion des Pasteurs l'an	2082	190.

qui est bien la 700e année du cycle caniculaire, époques déjà déterminées dans la première partie de cette Notice (2), et ces nouvelles déductions s'accordent pleinement avec elle.

Dans l'état actuel des listes de Manéthon, qui ont été transmises jusqu'à nous par des écrivains juifs ou chrétiens, s'attachant par système à faire voir que les pasteurs Hyk-Shôs étaient des juifs qui auraient ainsi régné sur l'Égypte, la XVIIe dynastie ne porte que les noms des six rois de ces Pasteurs. Mais on peut conjecturer avec beaucoup de fondement, que le prêtre égyptien de Sébennytus, Manéthon, n'avait pas inscrit ces rois Pasteurs dans ses listes; jamais l'historien officiel d'une nation,

(1) Le Syncelle, pag. 103, ed. reg.

(2) Première Lettre, pag. 105.

écrivant par l'ordre du souverain, ne présenta dans ses récits ces invasions étrangères que comme des usurpations de fait, surtout lorsqu'il écrivit après la restauration pleine et entière de l'ancien ordre légitime. Tel fut Manéthon, prenant pour guide les archives sacrées des temples et les prêtres, leurs auteurs, qui ne négligèrent aucun moyen d'entretenir dans l'esprit de la nation égyptienne, une horreur profonde pour ces Hyks-Shôs; qui couvrirent les monuments publics du tableau partout répété de leur défaite et de leur destruction, et ce sentiment patriotique consacré par la religion avait pénétré toutes les castes. Elles foulaient aux pieds le souvenir des barbares; des chaussures de vivants et des morts recueillies en Égypte, portent sur leurs semelles extérieures la figure d'un Hyk-Shôs à genou et chargé de liens. Manéthon suivit donc les opinions que les prêtres avaient accréditées durant quinze siècles successifs; aucun monument n'existe de la domination de ces étrangers sans cesse occupés à détruire; la Table d'Abydos nomme pour leur époque, les Pharaons fugitifs qui conservèrent dans la haute-Égypte et dans la Nubie l'ordre légal de succession et les traditions nationales; Manéthon fit de ses listes une véritable table généalogique des rois égyptiens, comme l'est celle d'Abydos; il ne pouvait donc pas omettre dans ces listes, les rois Thébains contemporains de ces Pasteurs, tout en racontant dans son histoire l'invasion armée de ceux-ci (1).

Dans un intérêt contraire, les écrivains déjà désignés durent substituer ces rois Pasteurs, *leurs ancètres*, disaient-ils, aux rois Thébains inscrits par Manéthon dans ses listes primitives; ils nous l'apprennent eux-mêmes.

Josèphe (2), le plus ancien des abréviateurs de Manéthon, ne dit nulle part que l'historien de l'Égypte ait mis ces rois Pasteurs dans l'ordre légal des dynasties; il résulte au contraire de l'extrait qu'il en rapporte, 1° que cet historien ne parlait de ces rois étrangers que comme ayant de fait occupé une partie du royaume des Pharaons, et 2° que Manéthon ajoutait aussitôt, que les rois qui restèrent dans la Thébaïde et les autres parties de l'Égypte (l'Égypte supérieure), entreprirent enfin contre les Pasteurs une guerre vigoureuse; que l'un de ces rois, Misphrag-Mouthosis parvint à enfermer les étrangers dans Aaouaris, et son fils Thoutmosis, à les chasser entièrement de l'Égypte. Manéthon ne dut donc inscrire dans ses listes que les noms de ces rois de la Thébaïde, contemporains de la domination des Pasteurs sur la Basse-Égypte,

(1) Josephe, extrait du IIe livre de Manéthon; et Eusèbe, 1re partie, ch. 21.

(2) Liv. Ier contre Apion.

et l'on ne trouve non plus que ces noms sur la Table d'Abydos. Manéthon écrivit d'après les mêmes principes, il put la connaître, la consulter même avec les actes publics déposés dans les archives des temples, et dont quelques-uns sont parvenus jusqu'à nous.

Eusèbe, cependant, qui dit avoir tiré de Manéthon même la liste qu'il donne des dynasties égyptiennes (1), ne nomme, pour la XVIIe, que quatre rois pasteurs dont il borne la durée des règnes à 103 ans, et il ajoute que ce fut du temps de ces rois que Joseph dirigea le gouvernement de l'Égypte. Cette remarque historique n'est certainement pas tirée de Manéthon ; il ne s'occupa guères de la renommée du fils de Jacob, ministre des rois Pasteurs qui envahirent les états des rois égyptiens dont il écrivait l'histoire. Ce fut donc Eusèbe qui, rapportant cet extrait de Manéthon, et pour l'honneur de la nation juive, substitua dans le texte de son récit, les noms des rois Hyk-Shôs usurpateurs à ceux des Pharaons de Thèbes qui formèrent la XVIIe dynastie des princes légitimes, et dont le dernier de tous, Misphrag-Mouthosis, hâta par ses courageux efforts l'expulsion des étrangers. Eusèbe avoue assez clairement lui-même cette substitution,

---

(1) *Eusebii Chronicon*, 1re partie ; édition de Venise, 1818, tom. I, pag. 214.

puisque dans tous les textes imprimés et manuscrits de son Canon chronologique, on trouve qu'après les 190 années de la XVIe dynastie, il rattache le commencement de la XVIIe à l'année suivante, 191 d'Abraham, l'annonçant en ces termes : *Ægyptii; XVII[a] dynastia;* et il ajoute aussitôt cet avertissement : *Apud Ægyptios per septimam decimam dynastiam regnaverunt Pastores annis CIII.* — *Égyptiens :* « XVIIe DYNASTIE. Du temps de cette XVIIe « dynastie, les Pasteurs régnèrent en Égypte pen- « dant 103 ans. » L'existence de la XVIIe dynastie des Pharaons ne saurait donc être douteuse ; leur historien dut donc écrire les noms de ses princes dans les listes légales, comme on les voit sur les monuments ; et par un motif analogue en quelque sorte, les historiens des Juifs, exaltant la puissance et l'antiquité de cette nation, substituèrent les noms des rois Pasteurs aux noms des rois Thébains de Manéthon, et la Table généalogique d'Abydos, qui ne nomme que ces rois Thébains, ne pouvait en effet en nommer d'autres.

Il suit de tout ce qui précède, que, durant l'intervalle de temps qui sépara la XVIe dynastie des Pharaons, de la XVIIIe, l'Égypte fut divisée en deux parties gouvernées par deux autorités rivales et contemporaines, les Pasteurs à Memphis, les Pharaons dans la Thébaïde, et il paraît que les premiers de ceux-ci furent tributaires des rois de

Memphis. Manéthon cependant aurait dit toute autre chose dans son histoire, si l'on s'en rapportait à la version arménienne du texte d'Eusèbe qui copia Josèphe abréviateur de Manéthon. Le texte grec de Josèphe dit que Salatis, le premier roi des Pasteurs, après s'être emparé de Memphis, *imposa des tributs* à la Haute et à la Basse-Égypte, τήν τε ἄνω καὶ κάτω χώραν ΔΑΣΜΟΛΟΓΩ͂Ν; mais le texte arménien porte, au contraire, selon la version latine, que, par l'occupation de Memphis, Salatis *sépara* la Haute-Égypte de la Basse, *superiorem et inferiorem regionem unam ab alterâ divisit.* Il est vrai que le mot Δασμὸς signifie à la fois *division*, *séparation*, et *tribut;* les traducteurs arméniens ont pris le mot δασμολογῶν de Josèphe dans la première acception, que des faits historiques pourraient autoriser également; mais le sens du verbe δασμολογεῖν ne saurait s'y prêter. Il faut donc s'en tenir à la tradition ordinaire qui fait les rois de Thèbes tributaires des Pasteurs de Memphis. Quant à ceux-ci, Eusèbe n'en nomme que quatre, auxquels il ne donne que 103 ans de règne. Ce n'est pas ici le lieu d'examiner les motifs de cette abréviation des temps, qui s'explique par le but même que cet écrivain se propose évidemment dans sa Chronique, dont la naissance d'Abraham est l'époque radicale; et par une préférence qu'il n'est pas nécessaire de justifier, nous nous conformons ici à l'autorité plus décisive de l'historien égyptien, qui d'ailleurs ne nie point le gouvernement des Pasteurs, donnant en détail l'histoire de leur invasion, celle de ses effets sur l'Égypte, et nommant formellemenl six rois qui régnèrent ensemble 259 ans 10 mois.

Il avait écrit en même temps l'histoire des Pharaons de la XVIIe dynastie contemporaine, leurs noms, la durée du règne de chacun d'eux, leurs actes les plus mémorables et les résultats de leurs efforts successifs contre les étrangers; mais ces détails intéressaient peu ses abréviateurs, ils les supprimèrent dans leurs extraits, et ils y substituèrent, comme on l'a vu, les noms des rois Pasteurs à ceux des Pharaons.

La Table généalogique d'Abydos a conservé les prénoms royaux des Pharaons, dans leur ordre de succession; la durée totale de leurs règnes peut se déduire de Manéthon même. Son texte rapporté par Josèphe dans le premier discours contre Apion, montre que, de Timaüs ou Concharis, dernier roi de la XVIe dynastie détrôné par les Pasteurs, jusqu'au roi Amosis Thoutmosis chef de la XVIIIe, qui les expulsa définitivement, ces six rois Pasteurs régnèrent, en occupant une partie de l'Égypte, durant 260 ans; c'est donc dans ce même espace de temps que doit être enfermé le règne des Pharaons de la XVIIe dynastie jusqu'à la mort de Misphrag-Mouthosis.

Les monuments nous diront un jour sans doute

et leurs noms propres avec leur véritable nombre, et la durée de chaque règne particulier; ils suppléeront ainsi à la destruction du texte de leur historien; mais nous savons déja que Jules l'Africain indique, comme contemporaines, la dynastie des Pasteurs et une dynastie de rois Thébains Diospolites (1); et le Syncelle rapporte aussi qu'à Concharis, dernier roi de la XVIe dynastie, succédèrent *quatre rois Tanites*, qui régnèrent 254 ans (2), et ces rois ne purent régner que dans la Haute-Égypte.

Le Syncelle réduit ainsi à 254 ans pour les Pharaons, les 260 années attribuées aux Pasteurs de la XVIIe dynastie, leurs contemporains. Le Syncelle aurait-il été amené à ce nombre ainsi réduit, en confondant deux époques, 1° le règne paisible de la XVIIIe dynastie *après* l'expulsion entière des Pasteurs, et 2° la mort d'Amosis Misphrag-Mouthosis qui précéda cet événement de 5 à 6 années, imputant par là sur les 260 années des six rois Pasteurs, les 6 premières années de la XVIIIe dynastie; ce qui aurait réduit en effet la XVIIe des Pharaons à 254 ans (3)? Nous examinerons plus tard ce point

(1) George le Syncelle, *chronog.*; pag. 61, édit. royale.

(2) Idem., pag. 103.

(3) Si l'on adoptait ce nombre pour la durée de la XVIIe dynastie, l'avénement de la XVIIIe serait de l'an 1828 avant l'ère chrétienne, et le renouvellement du cycle sous Ménophrès, de la 37e année du règne de ce roi. Dans le résumé de ces Notices, nous reviendrons sur cette question importante.

intéressant de la chronologie égyptienne. Quoi qu'il en soit, il est difficile d'accorder au Syncelle que, dans les circonstances malheureuses où l'Égypte se trouvait, quatre princes aient régné l'un après l'autre plus de 60 ans chacun; ce terme commun est évidemment hors de toute vraisemblance, il exige un plus grand nombre de règnes, et tout concourt avec la Table d'Abydos pour le porter jusqu'à six.

La durée précise de chaque règne est encore ignorée : nous n'avions par les monuments (les deux stèles déja citées dans le texte de cette seconde Lettre (1)) que des dates de deux règnes seulement, l'une de la 6e ou 14e année du troisième roi et l'autre de la 27e du quatrième roi (V. planche VIII, n$^{os.}$ 1 et 2.). Mais de nouveaux renseignements ont éte heureusement découverts en Arabie par M. le docteur Ricci, et c'est à lui que nous sommes redevables de ces précieux documents (pl. VIII bis, n^{os} C, D, E). Le premier est une stèle trouvée à El-Magara, et qui porte la date de l'an XXXI du 4^{e}

(1) Pag. 50 et 51. La stèle (Planche VIII, n° 1) est mutilée à l'endroit même de cette date; mais les quatre unités qui restent, indiquent par leur place qu'elles étaient au nombre de six. On peut même sans forcer nullement leur expression, y lire le nombre 14 exprimé ainsi de droite à gauche : |∩|||. La date de l'autre stèle (Planche VIII, n° 2) est très bien conservée; il en est de même des autres dates transcrites sur la planche VIII bis.

roi de la XVIIe dynastie; le second est une inscription datée de l'an XLII du même prince, et gravée sur un rocher du même lieu; le troisième enfin, qui est aussi une inscription avec la date de l'an XLIV du même règne, est gravée sur un autre rocher à Sabout-el-Kadim, autre lieu de l'Arabie. Le règne du quatrième roi de la XVIIe dynastie fut donc de 44 ans au moins; et ces nouveaux monuments constatent ce fait non moins important, que l'autorité des Pharaons de la XVIIe dynastie, retirés dans la Haute-Égypte, s'étendit néanmoins sur les possessions égyptiennes en Arabie, à El-Magara particulièrement où étaient situées de riches mines de cuivre, et dont les Pasteurs, qui n'avaient pas de marine, ne pouvaient les déposséder.

D'autres renseignements non moins précieux nous seront un jour rendus sans doute; les lacunes sont encore nombreuses, mais on peut néanmoins déduire de la discussion qui précède, le tableau suivant de la XVIIe dynastie des Pharaons, dont les rois Pasteurs furent contemporains.

PHARAONS.	Années avant l'ère chrét.	PASTEURS.		Années avant l'ère chrét.
Timaüs, (Concharis) dernier roi de la XVIe dynastie, meurt par suite de l'invasion des Pasteurs après un règne de six années.	2082e	Invasion des Pasteurs Hyk-Shôs en Égypte; ils détrônent Timaüs dernier roi de la XVIe dynastie, de Manéthon.		2082e
XVIIe *Dynastie.*		*Rois Pasteurs selon Manéthon.*		
1er roi qui succède à Timaüs (1er cartouche à droite de la table d'Abydos).		1. Salatis règne	19 ans.	
2e roi; Amménémé Pi... (2e cartouche).		2. Bœon,	44. »	2063e
3e roi; (3e cartouche; date de l'an six ou de l'an quatorze de son règne).		3. Apachnas,	36. 7 m.	2019e
4e roi; (4e cartouche; dates des années 27, 31, 42 et 44 de son règne).		4. Apochis, Apophis,	61. »	1983e
5e roi; (5e cartouche).		5. Ianias,	50. 1.	1922e
6e roi; Amosis Misphrag-Mouthosis, (6e cartouche), qui refoule les Pasteurs dans Aouaris.		6. Assis, Assèth,	49. 2.	1872e
Ces six princes régnent du temps des Pasteurs qui occupèrent l'Égypte durant	260 ans.		259. 10 m.	
XVIIIe *Dynastie.*				
1. Amosis-Thoutmosis, fils de Amosis-Misphrag-Mouthosis, succède à son père.	1822e	Assèth cesse de régner. .		1822e

Ces résultats se coordonnent avec ceux qui sont déjà énoncés dans la première partie de cette Notice, et se placent naturellement en tête de la XVIIIe dynastie qui succéda à la XVIIe et aux Pasteurs.

Nous n'ajouterons rien ici sur cette première partie de notre Notice, les dates découvertes dans des actes publics de la XVIIIe dynastie, depuis que notre liste est publiée, rentrant avec une pleine convenance dans les limites assignées aux règnes de cette illustre dynastie. Deux stèles récemment apportées en Europe donnent à notre liste une nouvelle autorité : elles ont aussi été trouvées par M. le docteur Ricci, de Florence, à Sabout-el-Kadim, en Arabie; on lit sur l'une (pl. VIII bis, n° F) : *L'an IV, sous la présidence du roi du peuple obéissant*, SOLEIL STABILITEUR DES MONDES, *vivificateur;* c'est le Thoutmosis III de notre liste qui régna 9 ans et 8 mois. L'autre stèle (pl. VIII bis, n° G) porte : *L'an VII, de Tôbi le Ier, sous la présidence de l'Horus fort, roi du peuple obéissant, dominateur du monde, seigneur des seigneurs*, SOLEIL STABILITEUR DE LA RÉGION INFÉRIEURE, *le fils du soleil* (*qui le dirige?*) MANDOUEI, *serviteur de Phtha, vivificateur, semblable au soleil pour toujours;* c'est Achencherès-Mandouei qui régna 20 ans 3 mois. Enfin un grand scarabée, en terre émaillée, du musée du Vatican, offre la légende royale d'Aménophis II et de sa femme Taia avec la date de l'an XI, en ces termes (pl. VIII bis, n° H) : *L'an XI, du mois d'Athyr le Ier, sous la présidence du roi* SOLEIL SEIGNEUR DE LA RÉGION INFÉRIEURE, *fils du soleil*, AMÉNOF, *président de la région haute, vivificateur, et de la royale épouse puissante* Taia, *vivante;* et cet Aménophis II, ou Memnon, régna 30 ans et 5 mois, selon notre liste de la XVIIIe dynastie.

Ramsès le grand, Sésostris, fut le chef de la XIXe, et l'époque de son règne, qui est un point important pour la chronologie égyptienne, celui que la critique sacrée a le plus considéré dans ses recherches, est déja déterminée dans la Notice précédente (1). Les écrits des anciens ne s'accordent pas unanimement à l'égard du nombre des successeurs de Sésostris dans la dynastie dont il fut le premier roi.

Leurs variations sont exposées dans les deux listes suivantes, et on doit les remarquer puisque ces listes sont données comme également extraites du livre de Manéthon.

I. JULES L'AFRICAIN.		II. EUSÈBE.	
1. Séthôs. . . . . . régna	51 ans.	1. Séthôs. . . . . régna	55 ans.
2. Rapsachès.	61.	2. Rapsès.	66.
3. Amménephthès. . . .	20.	3. Amménephthès. . . .	40.
4. Ramésès.	60.		
5. Amménémès.	5.	4. Amménémès.	26.
6. Thoüôris.	7.	5. Thouôris.	7.
	204.		194.

Pour résoudre les difficultés qui naissent de ces discordances, il suffit de considérer :

1° Quant au total des années de cette dynastie,

(1) Première Lettre, pag. 107.

que la *vieille Chronique* ne lui attribue, comme Eusèbe, que 194 ans;

2° Que tous les textes d'Eusèbe, grec, arménien et latin, s'accordent sur l'ordre et la durée du règne des trois premiers rois, tels qu'ils sont indiqués dans la liste n° II;

3° Que Ramésès, successeur d'Ammènephthès selon l'Africain, manque dans la liste d'Eusèbe, et que les papyrus décrits dans cette *seconde Lettre* (pages 79 à 86), lui assignent invariablement cette place dans la XIXe dynastie;

4° Qu'Eusèbe, qui omet ce Ramésès, porte à 26 années le règne de son successeur, Amménémès, à qui Jules l'Africain n'attribue que cinq ans, Eusèbe compensant ainsi la suppression d'un règne par l'accroissement qu'il donne à la durée du règne suivant;

5° Que Jules l'Africain n'assignant que cinq ans au règne d'Amménémès, le surplus du nombre d'Eusèbe, 21 ans, doit être la durée même du règne du Ramésès que celui-ci a omis.

Ainsi, les témoignages réunis et comparés des extraits de Manéthon conservés par Eusèbe et par Jules l'Africain, l'autorité de la *vieille Chronique*, le témoignage des papyrus de Turin, monuments authentiques et contemporains, et les six cartouches prénoms tous différents qu'ils présentent, portent également à six le nombre des rois de la XIXe dynastie, et la durée de leurs règnes successifs à 194 ans divisés comme il suit : Séthos, 55 ans (1); Rapsès, 66 ans; Amménephthès, 40 ans; Ramsès, 21 ans; Amménémès, 5 ans; Thouôris, le Polybe d'Homère, 7 ans.

Les dates selon ces règnes, tirées des papyrus égyptiens, s'accordent aussi avec ces nombres; telles sont celles de l'an 3 et de l'an 14 du règne de Sésostris, de l'an 3 du règne d'Amménephthès, de l'an 2 et 1 à 6 de Thouôris. Nous avons déja dit (2) que ce fut sous le règne du troisième des rois de cette dynastie, Amménephthès, ou Aménophès, nommé Ménophrès par Théon d'Alexandrie, que se renouvela, en 1322 avant l'ère chrétienne, le cycle caniculaire dont Censorin a marqué la fin à l'an 138 de la même ère; ce fut aussi durant la courte domination de Thouôris, que Troie fut prise par les Grecs, selon Eusèbe et ses copistes, qui avaient peut-être trouvé ce synchronisme historique dans les livres même de Manéthon.

---

(1) On vien de publier récemment en Hollande un ouvrage intitulé : *Lettre à M. Ch. Coquerel sur le système hiéroglyphique de M. Champollion, considéré dans ses rapports avec l'Écriture Sainte;* par A. L. C. Coquerel. Amsterdam, 1825. in-8°. Le savant auteur de cet écrit s'applique à fixer plusieurs époques de l'Histoire Sainte, en prenant pour guide notre détermination du règne de Sésostris.

(2) Première Lettre, page 102.

Ses listes, telles que nous les connaissons, portent le règne de ce Thouôris à sept ans, et les dates tirées des papyrus hiératiques de Turin, ne lui en comptent que six entiers. Mais cette différence s'explique très-bien par la méthode égyptienne qui a servi à la rédaction de ces listes : en comptant à chaque prince les années de son règne depuis le premier jour de l'année de son avénement, les fractions de l'année de sa mort étaient assignées à son successeur ; et si Thouôris régna 6 années entières et quelques mois, il put dater des actes de la 7e année, sans qu'on accordât à son règne plus que les six années entières, comme le montre le registre public cité à la page 95 de cette seconde Lettre. On sait que les dates inscrites sur les médailles grecques et romaines frappées en Égypte, sont réglées par une méthode absolument opposée, qui produisait un double emploi de chacune des années où un règne se renouvelait, l'année de ce nouveau règne étant à la fois la dernière du prince qui mourait et la première de son successeur. Cette confusion va jusqu'à nous montrer des dates de la 2e année d'un prince qui ne régna réellement que quelques mois ; tel fut Galba : j'ai expliqué ailleurs (1) cette singulière supputation du temps,

(1) V. dans mes *Annales des Lagides*, l'explication de la date égyptienne d'une inscription grecque tracée sur le colosse de Memnon à Thèbes d'Égypte; tom. I, pag. 413 à 455.

dont une foule de monuments nous certifient l'usage. Mais la régularité nécessaire dans un registre de recettes publiques, devait la rejeter; on y comptait d'après les intervalles effectifs, année par année. Ce registre a donc pu donner 6 années entières seulement à Thouôris, quoique ce roi eût atteint la septième de son règne, et c'est celle-ci que les chronologistes ont adoptée, en faisant pour la fin des règnes une compensation que les registres publics opéraient sur leur commencement. Afin de nous conformer à l'usage des chronologistes, nous adopterons aussi le nombre 7 pour le roi Thouôris, nombre dont le papyrus précité prouve aussi la certitude; et le tableau suivant présentera l'ensemble de la XIXe dynastie, sur le plan déja adopté pour la XVIIIe.

XIXe DYNASTIE.

Numéros d'ordre.	Noms des Rois selon les monuments.	Noms des Rois selon les auteurs anciens.	Durée de leur règne	Commencement en style Julien. Ann. avant J.-C.
1.	Ramsès (VI).	Séthôs, Séthosis, Sesostris, Ramessès.	55.	1473^{e}
2.	Ramsès (VII).	Rampsès, Ramsès-Phéron, Sésoosis II.	66.	1418^{e}
3.	Aménoftep. (Aménophis IV).	Amménephthès, Aménephthès, Aménophès, Ménophrès.	40.	1352^{e}
4.	Ramsès (VIII).	Ramésès.	21.	1312^{e}
5.	Ramsès (IX) Amenmé.	Amménémès.	5.	1291^{e}
6.	Thouôris.	Thouôris, Polybe.	7.	1286^{e}
	Fin du règne de la XIXe dynastie.			1279^{e}

On peut remarquer, en passant, que l'époque assignée par ces recherches au règne de Thouôris, s'accorde pleinement avec celle que Fréret et d'autres chronologistes célèbres, ont donnée à la prise de Troie, et Manéthon dit en effet qu'elle fut contemporaine du règne de ce Pharaon.

On a vu par le texte de cette Lettre, relatif à la XXe dynastie, que les abréviateurs de Manéthon n'y ont pris que le nombre de ses rois, qui fut de douze, et la durée totale de leurs règnes successifs portée à 178 ans. Cette lacune importante sera peut-être remplie un jour par les monuments ; il m'a semblé aussi qu'on pourrait tirer de la liste des rois d'Égypte rédigée par le Syncelle, quelques données utiles à ce but historique.

Ce chronographe s'est fait un système à lui ; les listes égyptiennes de Manéthon ne pouvaient s'y placer selon leur étendue originelle : le Syncelle les a donc abrégées, et il a dressé, selon ses vues particulières, une liste des rois d'Égypte, qui ne cadre très-bien qu'avec sa doctrine des temps. Pour peu qu'on l'examine avec attention, on y reconnaît que, à part quelques noms grecs ou latins de son invention, la liste du Syncelle n'est qu'un abrégé de celles de Manéthon ; on y retrouve beaucoup de noms qui sont dans le texte de celui-ci, même selon leur ordre historique, et cet abréviateur systématique se montre plus réservé, à mesure qu'il entre dans les temps moins anciens : pour ces époques, ses suppositions ou ses erreurs auraient été trop aisément aperçues.

Il ne nomme que 25 rois égyptiens depuis Ménès, le premier de tous selon Manéthon, jusqu'à Concharis, le dernier de la XVIe dynastie, et c'est sur cet intervalle que portent surtout les suppressions de l'abréviateur. Il donne après eux les rois Pasteurs qui formèrent la XVIIe dynastie; viennent ensuite les rois de la XVIIIe qu'il réduit de 17 à 14, mettant le nombre des *générations* à la place du nombre des *Rois*, et *Armæus* ou *Danaüs* en est le dernier. De la XIXe dynastie, il ne nomme de ceux de Manéthon que trois princes, le 1er, le 3e et le 5e qui est Thouôris. Il ajoute ensuite 37 autres rois jusqu'à l'invasion de Cambyse, et il dit, page 210 D, que ces 86 rois *avant* Cambyse formèrent 10 dynasties donnant une durée de 2168 ans; et page 211 A, que la dynastie des Perses qui leur succéda (celle de Cambyse), fut *en conséquence* la XXVIIe. Sans nous arrêter à cette contradiction, qui fait succéder la XXVIIe dynastie à la Xe, nous ferons remarquer, au sujet de la liste du Syncelle, qu'en prenant le roi *Bocchoris*, chef de la XXIVe dynastie de Manéthon, pour point intermédiaire (et bien avéré d'ailleurs) de la suite de sa liste après Thouôris de la XIXe, on reconnaît :

1° Que les douze noms qui suivent celui de *Boc-*

choris, sont assez exactement ceux de la XXVe et de la XXVIe dynasties de Manéthon, auxquels succéda la XXVIIe, celle des Perses;

2° Que les 12 noms qui précédent celui de *Bocchoris* de la XXIVe, se rapportent, quoique métamorphosés pour la plupart, aux listes de Manéthon pour la XXIIIe, la XXIIe et la XXIe, mais qu'ils sont inscrits dans la liste du Syncelle avec un désordre très-notable, les trois derniers étant tirés de la XXIIe dynastie et inscrits immédiatement avant la XXIVe; les trois précédents étant au contraire de la XXIIIe, quoique placés avant la XXIIe, et les 6 autres, encore en remontant, donnant les rois de la XXIe avec quelques substitutions de noms et la suppression d'un de ces princes.

Il reste donc entre le *Soussakeim* du Syncelle (Smendis, chef de la XXIe) et *Thouôris* dernier roi de la XIXe, *douze noms* qui doivent répondre aux douze rois dont la XXe fut composée selon les chronologistes anciens (1); aucun d'eux n'en a donné la liste, et sans accorder au Syncelle une confiance trop absolue en ce point, on peut croire que cette série de 12 noms a nécessairement *conservé* la plupart *de ceux de la liste de Manéthon*,

(1) Eusèbe, édit. de Milan, pag. 103; — de Venise, pag. 217; etc.

et à cet égard cette liste particulière du Syncelle est d'un grand intérêt. Si les monuments donnent enfin les cartouches noms-propres des princes de cette XXe dynastie, sa liste ne sera pas d'un médiocre secours pour connaître l'ordre de leurs noms comme celui des règnes ; et il est à remarquer que la plupart des noms conservés par le Syncelle, ne se trouvent point dans les autres dynasties. On y lit à la vérité ceux de Ramsès, Kenkérès, etc. que portent déja d'autres princes de dynasties antérieures ; mais ceux de la XXe ont pu les porter aussi, les mêmes noms se retrouvant fréquemment dans la même famille.

Voici cette liste du Syncelle, que des monuments plus authentiques ne peuvent manquer de rectifier :

XXe DYNASTIE.

		Années avant l'ère chrétienne
1. Néchepsos. 2. Psammouthis. 3. N.	Avénement de la XXe dynastie.	1279^e
4. Cèrtos. 5. Rhampsis. 6. Amensès. 7. Ochyras. 8. Amédès. 9. Thouôris.	Ces douze princes règnent, selon les chronologistes anciens, 178 ans.	
10. Athôthis-Phousanos. 11. Kenkénès. 12. Thyennéphès, Ouennéphès.	Le règne de la XXe dynastie finit dans l'an.	1101^e

La durée de ces douze règnes dépasse de beaucoup dans cette liste du Syncelle, le nombre d'années attribuées par les chronologistes anciens à la XXe dynastie. Mais le Syncelle qui vient d'accourcir de 131 ans les temps de la XVIIIe et de la XIXe dynasties, allonge de 145 ans ceux de la XXe, et il en résulte que la totalité des trois dynasties selon Manéthon et selon le Syncelle, ne diffère que de 14 ans, de 734 à 720. Poussant même plus loin ces sortes de compensations, si l'on additionne dans le Syncelle les règnes nombreux qu'il énumère entre *Concharis* de la XVIe et *Sabacchôn* de la XXIVe, on trouve qu'il ne diffère que d'*une année* seulement avec les listes et la durée des règnes données par Manéthon depuis ce Concharis, dernier roi de la XVIe dynastie, jusqu'à Sabacchôn, premier roi de la XXIVe, c'est-à-dire de l'invasion des Pasteurs à celle des Éthiopiens (987 ans selon Manéthon dans Eusèbe, et 988 selon le Syncelle). Mais, dans la chronologie égyptienne, comme dans celle de toutes les autres nations de l'antiquité, les certitudes s'accroissent à mesure qu'on s'éloigne de leurs origines; les annales des temps contemporains donnent des synchronismes également utiles à toutes. Il y a donc peu de variations dans les listes des princes de la XXIe dynastie des Pharaon s, extraite de Manéthon par Eusèbe et Jules l'Africain ; ils lui attribuent d'un commun accord sept rois, qui régnèrent l'espace de 130 ans.

Une seule difficulté se présente ; elle est heureusement levée par un monument hiéroglyphique.

Le second roi de cette dynastie, Psousénès, régna 41 ans selon l'extrait de Manéthon par Josèphe, et 46 ans selon l'extrait de Jules l'Africain. Comme ces deux écrivains s'accordent sur la durée totale des règnes de cette dynastie, on ne pouvait ajouter à un règne sans diminuer le nombre des années d'un autre ; Josèphe donnait donc 35 ans au second Psousénès, et l'Africain ne lui en attribuait que 30. Une stèle égyptienne du Musée de Turin, a décidé cette question chronologique (planche XV n° 23). Elle porte le nom du roi Psousénès Ier avec une date de la 46e année de son règne ; sa durée fut donc de 46 ans, comme l'Africain l'avait lu dans Manéthon. Telle est l'importance des monuments authentiques : la chronologie égyptienne perd ses plus profondes obscurités par leur interprétation. On a donc toutes les certitudes désirables à l'égard de l'ordre et de la durée des règnes de la XXIe dynastie des Pharaons : elle forme le tableau suivant.

XXIe DYNASTIE.

Numéros d'ordre.	Noms des Rois d'après les monuments.	Noms des Rois selon les chronologistes anciens.	Durée de leur règne.	Concordance Julienne.
			ans.	Année avant l'ère chrétienne.
1.	Mandou-ftèp.	Mendès, Smendis.	26.	1101^e
2.	Psousénès.	Psousénès.	46.	1075^e
3.	. . . . .	Nephelchérès.	4.	1029^e
4.	. . . . .	Aménophthis.	9.	1025^e
5.	. . . . .	Osochôr.	6.	1016^e
6.	. . . . .	Psinachès.	9.	1010^e
7.	. . . . .	Psousénès II.	30.	1001^e
		Fin du règne de la XXIe dynastie.		971^e

Les rapports de l'antiquité sur le nombre des rois de la XXIIe dynastie, et sur la durée particulière et totale de leurs règnes, présentent des différences assez considérables. Eusèbe, dans tous ses textes, ne nomme que trois rois, Sésonchôsis, Osorthon, et Takellôthis, auxquels il attribue 49 ans de règne. Jules l'Africain au contraire donne les noms de ces trois mêmes princes avec une durée égale de leurs règnes, mais il en indique six autres encore, anonymes il est vrai, et qui portent la durée totale de cette dynastie de princes Bubastites à 120 ans. Jusqu'ici les monuments ne font connaître que les trois princes nommés par ces deux abréviateurs de Manéthon : d'autres documents du même genre peuvent ajouter encore à ces précieuses données, et l'on conçoit que lorsque la série des cartouches royaux sera complète, il sera possible de tirer, des données nouvelles et positives fournies par les cartouches noms-propres, quelques faits d'une importance incontestable pour éclairer toutes les obscurités qui règnent encore sur les listes tirées du Canon de Manéthon par ses abréviateurs. Nous aurons ainsi, dans la troisième et dernière partie de cette Notice, à reprendre les renseignements déja consignés ici sur les princes de la XXIIe dynastie. La troisième Lettre de mon frère contiendra la suite de l'histoire de l'Égypte par les monuments, jusqu'à l'invasion des Romains. La fin de ma Notice répondra au même intervalle de temps, et sera suivie d'un résumé général, tableau fidèle de ce que les documents les plus authentiques, si heureusement interprétés, nous enseignent sur les temps historiques du peuple célèbre que la France a ressuscité tout entier.

Paris, Mars, 1825.

J.-J. CHAMPOLLION-FIGEAC.

Page 38, ligne 4, gauche, *lisez* droite.

— 57, — 7 et 9, ⲁⲁⲙⲏⲥ, — ⲁⲁϩⲙⲥ;

— 62, — 2, ⲉⲙⲏⲡ, — ⲉⲡⲏⲡ;

— 64, — 12, Ramsès, — Ramsès V;

— 85, — 27, ⲁⲙⲛⲙⲏ, — ⲁⲙⲛⲙⲉ;

— 115, — 15, après Aasen — ou Oosen et même *Ousen*;

— 118, — 5, après *Aasen*, *lisez* Ousen, que l'on retrouve accru d'une finale grecque dans ΨΟΥΣΕΝ-ΗΣ.

LETTRE

A M. DACIER.

DE L'IMPRIMERIE DE FIRMIN DIDOT,
IMPRIMEUR DU ROI ET DE L'INSTITUT.

www.ingramcontent.com/pod-product-compliance
Lightning Source LLC
LaVergne TN
LVHW010607110826
845149LV00003B/802

* 9 7 8 2 0 1 9 4 8 9 0 7 6 *